中等职业教育国家规划教材配套教材

计算机应用基础
上机指导与练习（第4版）

武马群　赵丽艳　主编

电子工业出版社·
Publishing House of Electronics Industry
北京·BEIJING

内 容 简 介

本书是中等职业教育国家规划教材《计算机应用基础》的配套教材，根据教育部制定的《中等职业学校计算机应用基础教学大纲》编写而成。按照大纲规定以及新的技术发展和社会各行业的就业需求，本书重点介绍了计算机基础知识、Windows Vista 操作系统、文字处理软件 Word 2007、电子表格软件 Excel 2007、演示文稿软件 PowerPoint 2007、计算机网络基础以及常用工具软件。本书按照学生的认知规律，由浅入深地安排教学内容，用通俗易懂的语言，通过许多实例介绍了计算机常用软件的功能和操作方法，并在每章后安排有综合练习题。通过对本书的学习，能够快速全面地掌握计算机基础知识和操作技巧，有助于提高职业技能水平。

本书可作为中等职业学校计算机应用基础课程教材的配套用书，也可作为参加全国计算机等级考试人员的培训教材，以及其他学习计算机应用基础知识人员的参考书使用。

图书在版编目（CIP）数据

计算机应用基础上机指导与练习 / 武马群，赵丽艳主编. —4 版. —北京：电子工业出版社，2009.1
中等职业教育国家规划教材配套教材
ISBN 978-7-121-05262-0

I. 计⋯ II. ①武⋯ ②赵⋯ III. 电子计算机－专业学校－教学参考资料 IV. TP3

中国版本图书馆 CIP 数据核字（2008）第 195754 号

策划编辑：施玉新
责任编辑：施玉新 王 钰
印　　刷：涿州市京南印刷厂
装　　订：涿州市桃园装订有限公司
出版发行：电子工业出版社
　　　　　北京市海淀区万寿路 173 信箱　邮编 100036
开　　本：787×1092　1/16　印张：10.75　字数：289.2 千字
印　　次：2009 年 1 月第 1 次印刷
定　　价：21.00 元（含光盘 1 张）

凡所购买电子工业出版社图书有缺损问题，请向购买书店调换。若书店售缺，请与本社发行部联系，联系及邮购电话：(010) 88254888。

质量投诉请发邮件至 zlts@phei.com.cn，盗版侵权举报请发邮件至 dbqq@phei.com.cn。

服务热线：(010) 88258888。

前　言

　　《计算机应用基础》是中等职业教育的一门文化基础课程，其主要任务是使学生了解和掌握计算机的基础知识和基本技能，具有应用计算机的初步能力，提高学生的科学文化素质，为培养高素质劳动者和中级专门人才服务。因此，在本课程教学过程中要把向学生传授基础知识和基本技能放在首位，并为他们利用计算机学习其他课程打下基础。

　　本书是中等职业教育国家规划教材《计算机应用基础》的配套教材。全书的各个部分按照内容概要、典型习题精解、上机指导、综合练习题来组织内容，"内容概要"对计算机主要的知识点进行了简明扼要的阐述，以加深学生的理解，更好地吃透主教材内容。"典型习题精解"对主教材中的习题进行分析与解答并给出了参考答案，使学生在独立做完课后习题之后，可以通过参考答案来检查自己对本章节内容的掌握情况。"上机指导"以实例的形式，来介绍计算机的使用方法与操作技巧，重点培养学生的计算机操作技能。"综合练习题"的题型有：填空题、选择题、判断题、名词解释题、简答题、计算题、分析设计题等。

　　通过本课程的学习，使学生能够掌握计算机的基础知识，同时通过大量的实例教学，提高学生对计算机的操作能力和应用能力，培养学生的创新精神和创造能力，以适应各职业岗位的就业需求。

　　本书由武马群、赵丽艳主编。其中第一章由武马群编写，第二章、第三章、第五章由赵丽艳编写，第四章由郭亚东编写，第六章、第七章由孙丹编写。

　　为了更加直观地展现书中所涉及的基本知识和实例操作，本书还配有光盘，读者可以对照光盘学习本书内容。

　　由于作者水平有限，书中若有不妥之处，恳请广大读者和专家批评指正，在此表示感谢。

编　者

2009 年 1 月

目 录

第 1 章　计算机基础知识

学习目标：

☞ 了解计算机的基本概念；
☞ 掌握计算机的五大功能部件；
☞ 理解计算机系统的层次结构；
☞ 掌握各种进位计数制，十、二、八、十六进制数的相互转换；
☞ 掌握定点整数和定点小数的编码；
☞ 掌握浮点数的编码原理和规格化方法；
☞ 掌握微型计算机的外部设备功能和特点；
☞ 掌握调制解调器的概念和功能。

内容概要

1. 计算机常识

（1）计算机的特点
- 运算速度快。
- 计算精度高。
- 具有记忆功能。
- 具有逻辑判断功能。
- 高度自动化。

（2）计算机的发展
- 第一阶段（1946 ～ 1958 年）是电子管计算机时代。
- 第二阶段（1959 ～ 1964 年）是晶体管计算机时代。
- 第三阶段（1965 ～ 1970 年）是集成电路计算机时代。
- 第四阶段（1971 年至今）是超大规模集成电路计算机时代。

（3）计算机的应用领域
- 科学计算。
- 信息处理。
- 过程控制。
- 计算机辅助设计/辅助教学。
- 人工智能。

（4）计算机的分类

● 按功能和用途，可将计算机分为通用计算机和专用计算机两大类。

● 按工作原理，可将计算机分为数字计算机、模拟计算机和数字模拟混合计算机三大类。

● 按性能和规模，可将计算机分为巨型计算机、大型计算机、中型计算机、小型计算机、微型计算机和单片机六大类。

（5）计算机的发展趋势

计算机有四个发展趋势：巨型化、微型化、网络化、智能化。

● 巨型化是指为满足尖端科学领域的需要，发展高运算速度、大存储容量和功能更加强大的巨型计算机。

● 微型化是指采用更高集成度的超大规模集成电路技术，将微型计算机的体积做得更小，使其应用领域更加广泛。

● 网络化是对传统独立式计算机概念的挑战，网络技术将分布在不同地点的计算机互连起来，在计算机上工作的人们可以共享资源。

● 智能化是指发展能够模拟人类智能的计算机，这种计算机应该具有类似人的感觉、思维和自学能力。

2．计算机硬件系统

（1）计算机的五大功能部件及其相互关系。

计算机的基本组成部件有五个，分别是：运算器、控制器、存储设备、输入部件、输出部件。其中，运算器负责对数据进行各种运算；控制器则负责控制所有操作的自动进行；存储设备专门负责对信息的存储，包括存储从外界输入的信息、控制程序和运算结果等；输入部件专门负责接收外界的信息；输出部件专门负责将计算的结果以一定的形式向外界表示出来。

在各个基本部件中，通常将运算器和控制器合在一起称为中央处理器 CPU，因为过去曾经把这两个部件放在一个机柜里，现在用超大规模集成电路把这两个部件用一个芯片实现。通常还把 CPU、存储器和输入输出接口电路合在一起构成的处理系统称为主机，因为这些部件都是数字电路的部件，可以集成在一块集成电路板上。输入、输出设备因为一般包含一些机械部件难以与主机集成的部件，所以通常与主机分离，称为外围设备。

（2）五大功能部件的连接方法。

计算机的五大功能部件之间要相互协调地进行工作，需要用数据线路连接这些部件，进行数据信息交换。不同的连接方式构成了不同的计算机结构，不同的连接结构形成具有不同特征、不同性能的计算机系统。为了减少数据线路，计算机中一般采用公共的数据线路连接这些部件，这种公共线路称为总线。计算机中可以采用不同数量的总线、不同的总线连接方式连接不同的部件从而形成不同的计算机结构。

计算机的五个基本部件之间可以有不同的连接方法。早期的计算机是以控制器为中心的。现在计算机改成以存储器为中心，原始数据和处理程序由输入设备进入计算机存放在存储器中，控制器执行程序指挥运算器从内存中取出数据，进行加工后将结果放入存储器中，然后由输出设备将存储器中的结果输出。

3．计算机软件系统

（1）计算机系统。

计算机的功能是非常复杂的，我们需要把这些功能进行分解，表示成一些简单功能的组合，这些简单的功能要求可以直接由数字电路自动实现，描述这些简单功能的就是指令。这样计算机从功能上分为两个层面：一个是硬件层面，它完成指令规定的基本功能；另一个是软件层面，负责将指令组合起来完成复杂的功能。这里的指令是计算机硬件和软件之间的界面，只有硬件和软件结合才能使计算机正常运行，发挥作用。

（2）计算机系统软件和应用软件。

计算机软件一般可以分为系统软件和应用软件两类。

系统软件是软件系统中最为重要的部分，没有系统软件，计算机难以正常工作，或者难以进行操作。系统软件为用户操作计算机，以及应用程序的运行提供了一个界面。

主要的系统软件有四类：操作系统、语言处理软件、数据库管理系统、服务程序。操作系统的主要功能是存储管理、命令处理、设备管理等，常见的操作系统有 DOS、Windows、UNIX 等。语言处理软件为计算机系统提供了一种理解高级语言程序的功能，有编译程序、解释程序，现在的编译程序已经发展成为一个集成的多功能的程序设计环境，如 Visul Basic、Visual C++等。数据库管理系统是管理数据库的软件系统，它的主要功能是管理和维护数据，如 FoxPro、Access 等。服务程序包括编辑、诊断、查错、监控、连接等程序。

应用软件是完成用户所需功能的软件，它是专门为解决某个应用领域中的具体任务而编写的。

4．计算机系统的层次结构

对于一个没有安装任何软件的计算机系统，我们使用计算机时要直接用二进制代码进行操作，这要求我们必须了解计算机的指令代码、计算机的结构和部件特征等，这时候我们看到的是计算机的硬件特征。

操作系统是比较底层的软件，它直接对硬件系统进行管理。安装了操作系统之后，我们就不必详细了解计算机硬件特征的细节，只要了解一些操作系统的操作方法就可以进行工作了。这时候我们看到的计算机是一个能够理解和执行各种命令的系统。

应用软件在操作系统的基础上建立了一个更加完善的计算机系统。如果我们安装了文字处理软件（如 Microsoft Office Word 2007），我们看到的计算机是一个能够进行文字处理和排版的机器；如果我们安装了一个游戏软件，我们看到的计算机就像一个游戏机。

应用软件、系统软件和硬件构成了计算机系统的三个层次。在这三个层次中，硬件设备是基础，所有的功能最终由硬件完成，所以硬件是最底层的。操作系统建立在硬件的基础之上。应用软件则构成最上层的计算机系统。

计算机存储和处理的数据可以划分为两大类：一类是数值型数据，另一类是非数值型数据，不管是什么类型的数据，在计算机内部都表示为二进制代码。

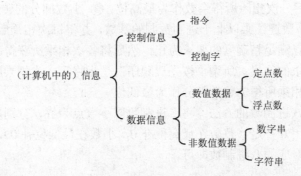

数值型数据的编码要解决三个问题：① 恰当地选用数字符号及组合规则；② 正确地给出小数点的位置；③ 正确地表示出数的正、负号。

非数值型数据先要确定编码的规则，然后按此规则编出所需的代码。

5．数制及其相互转换

数制就是计数的规则和方法。计算机中常见的数制有十进制、二进制、八进制和十六进制。

在十进制数中，数码是"0"到"9"这十个数字符号，计数的方法是"逢十进一"，大于 9 的数用多个数字符号排列表示，每个数字符号称为一位，每一位上的数值是数字符号乘以 10 的指数（个位乘以 10^0，十位乘以 10^1，百位乘以 10^2，以此类推）的结果，多位数的值是各位上的实际值的总和。

在二进制数中，数码是"0"和"1"这两个数字符号，计数的方法是"逢二进一"，大于 2 的数用多个数字符号排列表示，每个数字符号称为一位，每一位上的数值是数字符号乘以 2 的指数的结果，多位数的值是各位上的实际值的总和。

在八进制数中，数码是"0"到"7"这八个数字符号，计数的方法是"逢八进一"，大于 8 的数用多个数字符号排列表示，每个数字符号称为一位，每一位上的数值是数字符号乘以 8 的指数的结果，多位数的值是各位上的实际值的总和。

在十六进制数中，数码是"0"到"9"以及"A"到"F"这十六个数字符号，计数的方法是"逢 F 进一"，大于 F 的数用多个数字符号排列表示，每个数字符号称为一位，每一位上的数值是数字符号乘以 16 的指数的结果，多位数的值是各位上的实际值的总和。

为了区别不同的进位计数制的数，十进制数在数值后加 D（或用下标 10 来表示，有时省略），二进制数加 B（或用下标 2 来表示），八进制加 O（或用下标 8 来表示，有时为了防止手写上的笔误，用 Q 代替 O），十六进制加 H（或用下标 16 来表示）。

不同进位计数制之间的转换，是根据"如果两个有理数相等，则两数的整数部分和小数部分一定分别相等"的原则进行的。所以，数制之间相互转换时，可以对整数部分和小数部分分别进行转换。

非十进制数转换成十进制数的方法：将非十进制数按位权进行多项式展开，然后在十进制数中进行运算。

十进制数转换成非十进制数的方法：① 将整数部分和小数部分分别转换，然后将结果组合起来；② 整数部分的转换采用"除以基数倒取余数"法，即将十进制整数连续除以非十进制数制的基数，并将每次相除后的余数取下来，直到商为 0 为止，然后用"倒取"的方式将各次相除所得余数组合起来即为所要求的结果，所谓"倒取"是指，将第一次相除所得余数作为最低位，将最后一次相除所得余数作为最高位；③ 小数部分的转换采用"乘以基数取整"法，即将十进制小数连续乘以非十进制数制的基数，并将每次相乘后的整数部分取下来，直到小数部分为 0 或已满足精确度的要求为止，然后将各次相乘所获得的整数部分按先后顺序组合起来即为所要求的结果；所谓"按先后顺序"是指将第一次相乘所得的整数部分作为最高位，将最后一次相乘所得的整数部分作为最低位。

二进制数转换成八进制数的方法：将二进制数以小数点为界，分别向左、向右每三位分为一组，不足三位时用 0 补足（整数在最高位补 0，小数在最低位补 0），然后将每组的三位二进制数等值转换成对应的八进制数即可。

八进制数转换成二进制数的方法：按原数的顺序，将每位八进制数等值转换为三位二进制数即可。

二进制数转换成十六进制数的方法：将二进制数以小数点为界，分别向左、向右每四位分为一组，不足四位时用 0 补足（整数在最高位补 0，小数在最低位补 0），然后将每组的四位二进制数等值转换成对应的十六进制数即可。

十六进制数转换成二进制数的方法：按原数的顺序，将每位十六进制数等值转换为四位二进制数即可。

6. 输入设备、输出设备

（1）输入设备：常用的输入设备有键盘和鼠标。其他输入设备有扫描仪、条形码、摄像机、数码相机和语音输入设备等。

（2）输出设备：常用的输出设备有显示器和打印机。

7. 外部存储器

常见的外部存储器有软盘存储器、硬盘存储器、光盘存储器等，并通过相应的驱动器来写入或读出数据。

8. 调制解调器

调制解调器是使计算机通过电话线与其他计算机连接的设备。它承担了信号转换的任务。

 ## 典型习题精解

1. 填空题

（1）计算机又称_____，都是_____的简称。

答案：

电脑　电子计算机

（2）计算机具有_____、_____、_____、_____、_____的特点。

答案：

速度快　精度高　能记忆　会判断　自动化

（3）计算机的应用领域有_____、_____、_____、_____和_____。

答案：

科学计算　信息处理　过程控制　计算机辅助设计/辅助教学　人工智能

（4）对计算机进行分类的标准有_____、_____、_____。按_____，可以将计算机分为_____和_____两大类。按_____，可将计算机分为_____、_____、_____三大类。按_____，可将计算机分为_____、_____、_____、_____、_____和_____六大类。

答案：

功能用途　工作原理　性能规模　功能和用途　通用计算机　专用计算机　工作原理
数字计算机　模拟计算机　数字模拟混合计算机　性能和规模　巨型计算机　大型计算机

中型计算机　小型计算机　微型计算机　单片机

（5）第一台电子计算机_____诞生于_____年的_____（国家）。

答案：

ENIAC　1946　美国

（6）半个世纪以来，电子计算机经历了_____个发展阶段；微型计算机从_____年问世以来经历了_____个发展阶段。

答案：

四，1971　七

（7）第一代电子计算机是从_____年到_____年，称为_____计算机，采用的主要逻辑部件为_____。

答案：

1946　1958　电子管　电子管

（8）计算机的发展趋势有4个方面，它们是_____、_____、_____和_____。

答案：

巨型化　微型化　网络化　智能化

（9）世界上最大的计算机网络是_____。

答案：

国际互联网（Internet）

（10）中央处理器是由_____和_____两部分组成。

答案：

运算器　控制器

（11）总线分为_____、_____和_____三类。

答案：

单总线　双总线　三总线

2．计算题

（1）将下列二进制数转换为相应的十进制数、八进制数、十六进制数。

01101101B，10101001B，10000000B

答案：

$$01101101B = 109D$$
$$= 155Q$$
$$= 6DH$$
$$10101001B = 169D$$
$$= 251Q$$
$$= A9H$$
$$10000000B = 128D$$
$$= 200Q$$
$$= 80H$$

（2）将下列十进制数转换为相应的二进制数、八进制数、十六进制数。

13.5, 54.75, 76.125, 25.25, 126

答案：

$$13.5D = 1101.1B$$
$$= 15.4Q$$
$$= D.8H$$
$$54.75D = 110110.11B$$
$$= 66.6Q$$
$$= 36.CH$$
$$76.125D = 1001100.001B$$
$$= 114.1Q$$
$$= 4C.2H$$
$$25.25D = 11001.01B$$
$$= 31.2Q$$
$$= 19.4H$$
$$126D = 1111110B$$
$$= 176Q$$
$$= 7EH$$

（3）按字长为 8 位，对下列数求原码、反码、补码。

−1，−128，−64，127

答案：

① $X = -1D = -0000001B$

$[X]_原 = 10000001B$，$[X]_反 = 11111110B$，$[X]_补 = 11111111B$

② $X = -128D = -10000000B$

$[X]_原 = $ ——，$[X]_反 = $ ——，$[X]_补 = 10000000B$

③ $X = -64D = -1000000B$

$[X]_原 = 11000000B$，$[X]_反 = 10111111B$，$[X]_补 = 11000000B$

④ $X = 127D = +1111111B$

$[X]_原 = 01111111B$，$[X]_反 = 01111111B$，$[X]_补 = 01111111B$

（4）将下列数由小到大排列：

10D，1011.01B，12.3Q，$[X_1]_补 = 10001101B$，$[X_2]_原 = 10010101B$，

$[X_3]_反 = 11001101B$

答案：

$$A = 10D = 1010B$$
$$B = 1011.01B$$
$$C = 12.3Q = 1010.011B$$
$$X_1 = -1110011B$$
$$X_2 = -10101B$$
$$X_3 = -110010B$$

由这六个数的二进制数可知，它们由小到大的排列顺序是：

X_1，X_3，X_2，A，B，C

3. 简答题

（1）简述什么是电子计算机。

答案：

电子计算机是一种能够按照指令对各种数据和信息进行自动加工和处理的电子设备。电子计算机简称为计算机或电脑。

（2）什么是原码，反码，补码?他们之间是如何转换的?

答案：

符号位为 0 表示正数，符号位为 1 表示负数，其余各位表示真值数本身，这种表示方法称为原码表示法。

符号位为 0 表示正数，其数值位与真值相等；符号位为 1 表示负数，数值位是原码数值位的"各位取反"；这种表示方法称为反码表示方法。

符号位为 0 表示正数，其数值位与真值相等，符号位为 1 表示负数，数值位是原码数值位的"各位取反后加 1"；这种表示方法称为补码表示方法。

转换方法：当真值为正数时，三个机器数的最高位均为 0；当真值为负数时，该位为 1，机器数的最高位称为符号位，除符号位之外的其他各位称为数值位；当真值为正数时，原码、反码和补码的数值位均与真值完全相同；当真值为负数时，原码的数值位保持"原"样，反码的数值位是原码数值位的"各位取反"，补码的数值位是原码数值位的"各位取反"后再加 1，简称"取反加 1"。

（3）写出求原码、反码、补码的数学表达式。

答案：

设机器字长为 N 位，真值为 X，

$$[X]_\text{原} = \begin{cases} X & (0 \leqslant X < 2^{n-1}) \\ 2^{n-1} - X & (-2^{n-1} < X \leqslant 0) \end{cases}$$

$$[X]_\text{反} = \begin{cases} X & (0 \leqslant X < 2^{n-1}) \\ (2^n - 1) + X & (-2^{n-1} < X \leqslant 0) \end{cases}$$

$$[X]_\text{补} = \begin{cases} X & (0 \leqslant X < 2^{n-1}) \\ 2^n + X & (-2^{n-1} \leqslant X < 0) \end{cases}$$

（4）计算机的启动方式有哪几种？热启动与冷启动的区别是什么？

答案：

计算机有两种启动方式：一种是冷启动，另一种是热启动。

冷启动：是指用关闭计算机电源再打开的方式来重新启动系统。

热启动：是指不关闭机器的电源，利用键盘上的 Ctrl+Alt+Del 组合键来启动系统。

不论是热启动还是冷启动，都有可能造成数据丢失，频频的启动机器还有可能对机器硬件造成损伤，所以通常在使用计算机时应按正确的方法操作，避免出现这种情况。

两种启动方式的区别在于启动的过程中是否关闭电源。

（5）说出几种输入设备和输出设备。

答案：

输入设备有键盘、鼠标、摄像机、扫描仪等。

输出设备有显示器、打印机等。

（6）什么是外围设备？分为哪几类？

答：

外围设备（Peripheral Device）是指能与主机连接、交换信息的设备，除 CPU 和内存以外的计算机系统的其他部件，简称"外设"。

外围设备包括：输入设备、输出设备、外存储器、数据通信设备和过程控制设备几大类。

（7）有哪些常见的键盘类型和键数？

答：

键盘根据键开关分为有触点式和无触点式两大类。目前，微型计算机使用的多为标准 101/102 键盘或增强型键盘。增强型键盘只是在标准 101 键盘基础上又增加了某些特殊功能键。

（8）激光打印机有哪些优缺点？

答：

① 优点：

具有高分辨率，目前有 600DPI 甚至 1200DPI 的分辨率；打印速度快；打印噪声低；大量打印时，其平均打印成本最低。

② 缺点：

价格较贵；打印的耗材（碳粉和碳粉盒）价格较贵；不能在复写纸上打印；对纸张的要求较高，要求使用专门的激光打印纸。

（9）调制解调器的基本功能是什么？

答：

调制解调器（MODEM）是使计算机通过电话线与其他计算机连接的设备。由于普通的电话线不能传输计算机的数字信号，所以 MODEM 承担了信号转换的任务，即调制、解调。这就是 MODEM 的基本功能。

（10）什么叫存储器？其主要技术指标是什么？

答：

存储器是计算机系统中的记忆设备，用来存放程序和数据。构成存储器的存储介质是半导体器件和磁性材料。

存储器的最小存储单位为一个存储位（存储元），它用来存储一位二进制代码，由若干个存储元组成一个存储单元，由若干个存储单元组成一个存储器。

存储器技术指标主要有存取时间、存储容量、存储周期、可靠性等。

存取时间：是指存储器存取信息所需时间的长短，一般用存取周期来表示。

存储容量：是指存储器能存放二进制代码的最大数量。存储器由许多存储单元构成，每个存储单元可以存放一个多位的二进制数，即存储容量=存储单元数×位数。

存储周期：是指连续启动两次独立存储器操作所需间隔的最小时间，它和存取时间是衡量主存速度的重要指标。

（11）只读存储器如何分类？各有什么特点？

答：

ROM 根据其中信息的设置方法不同，可以分为 4 种：掩膜型 ROM 或者简称 ROM；可编程的只读存储器 PROM；可擦除、可编程的只读存储器 EPROM；可用电擦除的、可编程的只读存储器 EEPROM。

① 掩膜 ROM。掩膜 ROM 芯片所存储的信息是由芯片制造厂家根据用户给定的程序对芯片图形（掩膜）进行二次光刻所决定的，所以称为掩膜 ROM。

掩膜 ROM 又可以分为 MOS 型和双极型两种。MOS 型功耗小，但速度比较慢，微机系统中用的 ROM 主要是这种类型。双极型速度比 MOS 速度快，但功耗大，只用在速度要求较高的系统中。

② 可编程的 ROM（PROM）。PROM 一般由二极管矩阵组成，它的写入要由专用的电路（大电流、高电压）和程序完成。这种 ROM 便于用户根据用户自己的需要来写入信息。

③ 可擦除的 PROM（EPROM）。EPROM 可以多次改变 ROM 中所存的内容。它的工作方式有读方式、输出禁止方式、备用方式、编程方式、编程禁止方式、编程校验方式、Intel 标识符模式等七种。EPROM 的缺点是不能在线修改且即使错一位也须全部擦除，重新写入。

④ 可用电擦除的可编程的 ROM（EEPROM）

EEPROM 具有以下特点：可以在应用系统中在线修改，在断电情况下保存数据；对硬件电路没有特殊要求，编程简单；采用 5V 电源擦除的 EEPROM 通常不需设置单独的擦除操作，在写入的过程中就可以自动擦除。EEPROM 的工作方式有读方式、备用方式、字节擦除、字节写、片擦除、擦除禁止等六种工作方式。

（12）外存储器包括哪三大类？外存储器的作用？

答案：

目前，计算机中常用的外存储器有磁带、磁盘和光盘等，微型机常用的外存储器是软盘、硬盘和光盘。外存储器在计算机中所起的作用是：① 由于计算机的内存（RAM）在断电后，内容会自动消失，需要借助外存来保存用户长期使用的软件和数据；② 内存的容量有限，计算机运行大型的程序和处理大量数据信息时，为保证处理工作能持续不断地进行，需要大容量外存的支持。

（13）软盘的磁道和扇区指的是什么？

答案：

软盘的两面都可以存储信息，分别称为 0 面和 1 面，每面划分为若干个同心圆，称为磁道。各磁道的编号从 0 开始，最外面是 0 道。每个磁道又被划分成若干段。每段称为一个扇区，扇区是软盘存放信息的最小编址单位，软盘上每扇区可存放 512 个字节的数据。

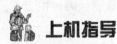

上机指导

实习 1　微型计算机的连接

1．上机目的和要求

熟悉微型计算机的外部构成。

熟练掌握微型计算机主机与主要输入/输出设备的连接方法。

2．上机内容和操作步骤

仔细观察微型计算机的主机、显示器、键盘和鼠标等几个组成部分。

连接主机与主要输入/输出设备。

（1）安装键盘。将键盘线的插头插到主板的键盘插座里。键盘插座是一个五芯圆形插座，它的位置在机箱的背后。

（2）安装显示器。显示器信号线的一端是一个 D 形 15 针插头，将该插头插到显示卡上的 D 形 15 孔插座上，并用螺丝刀将插头上的螺丝拧紧，以避免插头松动接触不良而产生故障。

根据所用显示器的具体要求，将显示器的电源线插到市电插座上，或是插到主机的电源上。

（3）安装鼠标。将鼠标线的插头插到多功能卡上的对应插座上。注意，有的鼠标插头是 D 形插头，有的鼠标插头是圆形插头。

（4）连接主机电源。将主机电源线的一端插在主机的电源插座上，另一端插在市电插座上。

实习 2　开机、关机及重新启动计算机

1．上机目的和要求

熟练掌握微型计算机的开机、关机及重新启动计算机的方法。

2．上机内容和操作步骤

（1）检查各部件的连接是否正确，如果不正确，请在教师指导下改正。

（2）正确开关计算机系统。

① 开机顺序为：先开外设，再开主机。开外设的顺序是先开音箱、打印机等，再开显示器。

② 关机顺序为：先关主机，再关外设。

（3）重新启动计算机系统。

重新启动计算机有两种方法：一种是冷启动，另一种是热启动。两者的区别在于启动的过程中是否关闭电源。

① 冷启动。冷启动是指用关闭计算机电源再打开的方式来重新启动系统。

注意

除非在进行特殊的操作时（如安装硬件）系统要求这么做或是机器对热启动已经不反应，否则不要用这种方式来重启系统。

② 复位操作。在一些机器的机箱控制面板上有一个标有"Reset"的复位键，按下该键的功能与冷启动机器差不多，它采用使机器瞬间掉电的方式，实现机器重启的目的。

③ 热启动。热启动是指不关闭机器的电源，利用键盘上的"Ctrl+Alt+Del"组合键来启动系统。

在 DOS 下这样做会立即重启系统，而在 Windows 95/98/2000/2003/XP/Vista 下，则是先跳出一个"关闭程序"的对话框，用户可以从程序列表中选择要关闭的程序，当用户再次按下"Ctrl+Alt+Del"组合键时才能重启系统。

注意

不论是热启动还是冷启动，都有可能造成数据丢失，频频的启动机器还有可能对机器硬件造成损伤，所以通常在使用计算机时应按正确的方法操作，避免出现这种情况。

实习3　熟练使用键盘操作

1. 上机目的和要求

进一步熟悉键盘操作，掌握使用键盘时的左、右手分工合作、正确的击键方法和良好的操作习惯。

2. 上机内容和操作步骤

（1）熟悉键盘布局。

目前，微型计算机使用的多为标准 101/102 键盘或增强型键盘。增强型键盘只是在标准 101 键盘基础上又增加了某些特殊功能键，三者的布局大致相同，如图 1.1 所示。

图 1.1　键盘布局

① 主键盘区。键盘上最左侧的键位框中的部分称为主键盘区（不包括键盘的最上一排），主键盘区的键位包括字母键、数字键、特殊符号键和一些功能键，它们的使用频率非常高。

a. 字母键包括 26 个英文字母键，它们分布在主键盘区的第二、三、四排。这些键上标着大写英文字母，通过转换可以有大小写两种状态，输入大写或小写英文"字符"。开机时默认是小写状态。

b. 数字键包括 0～9 一共 10 个键位，它们位于主键盘区的最上面一排。这些键都是双字符键（由换挡键 Shift 切换），上挡是一些符号，下挡是数码。

c. 特殊符号键它们分布在 21 个键上，一共有 32 个特殊符号，特殊符号键上都标有两个符号（数字不是特殊符号），由 Shift 键进行上下挡切换。

d. 主键盘功能键是指位于主键盘区内的功能键，它们一共有 11 个，有的单独完成某种功能，有的需要与别的键配合完成某种功能（组合键），其含义如表 1.1 所示。

表 1.1　主键盘功能键的含义

功能键	键　名	含　义
Caps Lock	大小写锁定键	它是一个开关键，按一次这个键可将字母锁定为大写形式，再按一次则锁定为小写形式
Shift	换挡键	按下此键不松手，再击某键，则输入该键的上挡符号；不按此键则输入下挡符号
Enter	回车键	击回车键后，键入的命令才被接受和执行。在字处理程序中，回车键起换行的作用
Ctrl	控制键	它常与其他键联合使用，起某种控制作用，如 Ctrl+C 表示复制选中的内容等
Alt	转换键	此键常同其他键联合使用，起某种转换或控制作用，如 Alt+F3 选择某种汉字输入方式
Tab	制表定位键	在字表处理软件中，常定义此键的功能为：光标移动到预定的下一个位置
Backspace（←）	退格键	它的功能是删除光标位置左边的一个字符，并使光标左移一个字符位置

② 功能键区。功能键区位于键盘最上一排，一共有 16 个键位，其中 F1～F12 称为自定义功能键。在不同的软件里，每一个自定义功能键都赋予不同的功能，其含义如表 1.2 所示。

表 1.2　功能键区功能键的含义

功能键	键　　名	含　　义
Esc	退出键	它通常用于取消当前的操作，退出当前程序或退回到上一级菜单
PrtSc	屏幕打印键	单用或与 Shift 键联合使用，将屏幕上显示的内容输出到打印机上
Scroll Lock	屏幕暂停键	一般用于将滚动的屏幕显示暂停，也可以在应用程序中定义其他功能
Pause Break	中断键	此键与 Ctrl 键联合使用，可以中断程序的运行

③ 编辑键区。编辑键位于主键盘区与小键盘区中间的上部，共有 6 个键位，它们执行的通常都是与编辑操作有关的功能，其含义如表 1.3 所示。

表 1.3　编辑键区功能键的含义

功能键	键　　名	含　　义
Insert	插入/改写	这是一个开关键，用于在编辑状态下将当前编辑状态变为插入方式或改写方式
Del	删除键	击一次删除键，当前光标位置之后的一个字符被删除，右边的字符依次左移
Home		在一些应用程序的编辑状态下按下该键可将光标定位于第一行第一列的位置
End		在一些应用程序的编辑状态下按该键可将光标定位于最后一行的最后一列

④ 小键盘区。键盘最右边的一组键位称为小键盘区，其中各键的功能均能从别的键位上获得。但用户在进行某些特别的操作时，利用小键盘，使用单手操作可以使操作速度更快，尤其是录入或编辑数字的时候更是这样，其含义如表 1.4 所示。

表 1.4　小键盘区功能键的含义

功能键	键　　名	含　　义
Num Lock	数字锁定键	击一次这个键，Num Lock 指示灯亮，此时再击小键盘区的数字键则输出上挡符号即数字及小数点号；若再击一次这个键，Num Lock 指示灯熄灭，这时再击数码键则分别起各键位下挡的功能
Page Up	向上翻页键	按一下它，可以使整个屏幕向上翻一页
Page Down	向下翻页键	按一下它，可以使整个屏幕向下翻一页

⑤ 方向键区。方向键区位于编辑键区的下方，一共有 4 个键位，分别是上、下、左、右键。按一下方向键，可以使光标沿某一方向移动一个坐标格。

（2）打字姿势与要求

正确的姿势要求：身要坐正，腰要挺直，脚要放平；两肩放松，上臂与肘应靠近身体；大小臂成约 90°；小臂与手腕略向上倾，两手腕略向内扣；手掌不可放在键盘或桌面上；手指自然弯曲，四指轻放在基本键上，拇指悬放在空格键上方。

实习 4　鼠标的使用

1．上机目的和要求

熟练掌握鼠标的单击、双击及拖曳操作。

2．上机内容和操作步骤

鼠标的操作主要有单击（左击或右击）、双击和拖曳：

（1）单击操作：按下并放开左键（左击）或按下并放开右键（右击）。

（2）双击操作：连续两次迅速地按下并放开鼠标左键。

（3）拖曳操作：首先使光标指向某一对象，按下鼠标左键后不要松手，移动鼠标将对象放置到新的位置处再松手。

每一种操作具体执行什么功能，要视当前执行的程序而定。

综合练习题 1

1．填空题

（1）第一代计算机语言是_____，第二代计算机语言是_____，第三代计算机语言是_____，计算机唯一能执行的是_____语言。

（2）主机是由_____、_____和_____合在一起构成的处理系统。

（3）_____和_____一起构成中央处理器 CPU，这是计算机的核心部件。

（4）计算机硬件结构通常由五大部分组成：_____、_____、_____、_____和_____，前三者合称为主机。

（5）计算机存储器分为主存储器和_____（如磁盘存储器）。

（6）计算机软件通常分为_____和_____。

（7）进位计数制是一种_____，它以_____的形式进行计数，实现了以_____表示_____的目的。

（8）遵循"逢十进一"计数规律形成的数是_____；它的进位基数是_____。用来表示数字的符号有_____。

（9）遵循"逢八进一"计数规律形成的数是_____；它的进位基数是_____。用来表示数字的符号有_____。

（10）循遵"逢十六进一"计数规律形成的数是_____；它的进位基数是_____。用来表示数字的符号有_____。

（11）循遵"逢二进一"计数规律形成的数是_____；它的进位基数是_____。用来表示数字的符号有_____。

（12）在计算机应用过程中，十进制数用来_____。

（13）二进制数在计算机_____中使用，_____。

（14）八进制数常用来_____，便于_____。

（15）十六进制数常用来_____。

（16）将一个二进制数转换成十进制数表示，只要_____。

（17）将十进制数转换成二进制数分成_____和_____再_____三个步骤。

（18）十进制整数转换成二进制数的要诀是_____。

（19）十进制小数转换成二进制小数的要诀是_____。

（20）八进制数转换成二进制数过程中，要掌握好一位变_____位的过程。

（21）十六进制数转换成二进制数，要掌握好一位变_____位的过程。

（22）在二进制数转换成八进制数和十六进制数的过程中，当高端和低端截出的位数不足时应_____。

（23）7402.45Q 的十六进制数是_____。

（24）数在计算机中的二进制表示形式称为_____。

（25）在小型或微型计算机里，最普遍采用的字母与字符编码是_____。

（26）计算机一般都采用_____进制数进行运算、存储和传送，其理由是_____。

（27）目前常见的机器编码有_____、_____和_____。

原码的编码规则是：最高位代表_____，其余各位是该数的_____。

补码的编码规则是：正数的补码_____，负数的补码是将二进制位_____后在最低位_____。

反码的编码规则是：正数的反码_____，负数的反码是将二进制位_____。

（28）对 0 和+0 有不同表示方法的机器码是_____和_____。

（29）8 位寄存器中存放二进制整数，内容全为 1，当它为原码、补码和反码时所对应的十进制真值分别是_____、_____、_____。

（30）在二进制浮点数表示方法中，_____的位数越多则数的表示范围越大，_____的位数越多则数的精度越高。

（31）对于定点整数，8 位原码（含一位符号位）可表示的最小整数为_____，最大整数为_____。

（32）在计算机中数据是以_____形式表示的。

（33）计算机中数据的最小单位是_____，数据的基本单位是_____。

（34）容量换算：

3MB= _____ KB=_____ B

10GB=_____ MB=_____ KB=_____ B

1572864B=_____ KB=_____ MB

（35）字是_____单位，字长是_____。

（36）机器数是_____，真值是_____。

（37）写出下列数据 8 位长度的原码、补码和反码

① $[33]_反$_____，$[33]_反$_____，$[33]_补$_____。

② $[45]_原$_____，$[45]_反$_____，$[45]_补$_____。

③ $[-100]_原$_____，$[-100]_反$_____，$[-100]_补$_____。

④ $[-0]_原$_____，$[-0]_反$_____，$[-0]_补$_____。

⑤ $[-127]_原$_____，$[-127]_反$_____，
$[-127]_补$_____。

⑥ $[-128]_原$_____，$[-128]_反$_____，
$[-128]_补$_____。

（38）定点数是_____，定点整数的小数点在_____，定点纯小数的小数点在_____。

（39）浮点数是_____，在机器内部浮点数由_____、_____、_____和_____四部分组成。

（40）采用 BCD 码，一位十进制数要用_____位二进制数表示，一个字节可存放_____个 BCD 码。

（41）对于定点小数，8 位补码可表示的最小的数为_____，最大的数为_____。

（42）在原码、补码、反码中，_____的表示范围最大。

（43）浮点运算时，若运算结果尾数的最高位不为_____时需要规格化处理，此方法称为_____。

（44）西文字符通常采用_____编码，这种编码用_____位二进制数表示。

（45）在一个字节中存放两个十进制数的编码方式称为_____，简称_____。

（46）浮点运算中的对阶操作采用_____右移几位，_____加上几个来实现，此方法称为_____。

（47）浮点运算结果规格化时，尾数左移解决_____问题，右移解决_____问题。

（48）逻辑操作是对数据进行按位的逻辑_____、逻辑_____、逻辑_____和逻辑_____等操作。

（49）补码表示的二进制浮点数，阶码为 6 位，尾数为 10 位，均包含符号位，它能表示的最小二进制数为_____，最大二进制数为_____。

（50）浮点数乘法的运算方法是阶码_____，尾数_____；除法的运算方法是阶码_____，尾数_____。

（51）大部分计算机在处理数值数据时均采用_____数，这种计算机称为_____。

（52）在计算机中用相同的字长表示二进制数，_____数表示的范围比_____数大。

（53）数据可分为_____和_____两种。其中_____又称符号数据，它又可分为_____数据和_____数据。

（54）36D 的 8421 码为_____。字符串"36"的 ASCII 码为_____。

（55）逻辑运算的特点是只在_____位上进行，_____之间不发生关系，不存在_____。

（56）模是指一个计量系统的_____，即该系统所能表示的_____，是产生_____的量，在计算中会自动丢失。

（57）二—十进制编码又称_____码，用_____位二进制数表示_____位十进制数。

（58）数据是_____，信息是_____。

（59）从 ASCII 码表中查出下列符号的 ASCII 码：

　　　　LF（换行）：_____，CR（回车）：_____。

　　　　SP（空格）：_____，DEL（删除）：_____。

　　　　O：_____，A：_____，a：_____。

（60）关于计算机的安全使用主要有_____、_____、_____和_____四个方面。

（61）对计算机硬设备安全产生影响的因素有＿＿＿＿、＿＿＿＿、＿＿＿＿三个方面。

（62）计算机电源最好配备＿＿＿＿＿＿＿＿＿＿＿＿＿＿＿＿＿＿＿＿＿。

（63）简单地说，计算机的工作环境要通风、＿＿＿＿＿＿、＿＿＿＿＿＿、＿＿＿＿＿＿、
＿＿＿＿＿＿等。

（64）计算机中的各种芯片很容易被＿＿＿＿＿＿＿＿＿＿＿＿损坏。

（65）电脉冲的来源有：＿＿＿＿＿＿＿、＿＿＿＿＿＿＿、＿＿＿＿＿＿＿。

（66）造成数据破坏或丢失的原因有：＿＿＿＿＿＿、＿＿＿＿＿＿、＿＿＿＿＿＿。

（67）计算机病毒是＿＿＿＿＿＿＿＿＿＿＿＿＿＿＿＿＿＿＿＿＿＿。

（68）计算机病毒的特点是：＿＿＿＿＿＿＿＿＿＿＿＿＿＿＿＿＿＿＿＿＿。

（69）计算机病毒发作的症状有＿＿＿＿＿＿＿＿＿＿＿＿＿＿＿＿＿＿
＿＿＿＿＿＿＿＿＿＿＿＿＿＿＿＿＿＿＿＿＿＿＿＿＿＿＿＿＿＿＿＿＿＿＿
＿＿＿＿＿＿＿＿＿＿＿＿＿＿＿＿＿＿＿＿＿。

（70）计算机病毒的分类：＿＿＿＿＿＿＿＿＿、＿＿＿＿＿＿＿＿＿。

（71）计算机病毒传播的途径：①＿＿＿＿＿＿＿＿＿＿＿＿＿＿＿＿＿＿＿＿＿；
②＿＿＿＿＿＿＿＿＿＿＿＿＿＿＿＿＿＿＿＿＿＿＿＿＿＿＿＿＿＿＿＿＿＿＿。

（72）实践证明，游戏盘多数都带有计算机病毒，为什么？
＿＿＿＿＿＿＿＿＿＿＿＿＿＿＿＿＿＿＿＿＿＿＿＿＿＿＿＿＿＿＿＿＿＿＿＿＿
＿＿＿＿＿＿＿＿＿＿＿＿＿＿＿＿＿＿＿＿＿＿＿＿＿＿＿＿＿＿＿＿＿＿＿。

（73）如果必须要使用外来软盘，事先要＿＿＿＿＿＿＿＿＿＿＿＿＿＿＿＿＿＿。

（74）定期对计算机系统进行病毒检测，可以＿＿＿＿＿＿＿＿＿＿＿＿＿＿＿＿＿＿＿
＿＿＿＿＿＿＿＿＿＿＿＿＿＿＿＿＿＿＿＿＿＿＿＿＿＿＿＿＿＿＿＿＿＿＿。

（75）微型机系统中常见的打印机有＿＿＿＿＿＿、＿＿＿＿＿＿、＿＿＿＿＿＿。

（76）某显示器的分辨率为 1024×769，意指＿＿＿＿＿＿＿＿＿＿＿＿＿＿＿＿＿。

（77）外围设备包括：＿＿＿＿＿＿＿、＿＿＿＿＿＿＿、＿＿＿＿＿＿＿、＿＿＿＿＿和＿＿＿＿＿
几大类。

（78）常用的外存储器有＿＿＿＿＿＿＿＿＿＿、＿＿＿＿＿＿＿＿和＿＿＿＿＿＿＿。

（79）多媒体技术是＿＿＿＿＿＿＿＿＿＿＿＿＿＿＿＿＿＿＿＿＿＿＿＿＿＿＿＿＿＿
＿＿＿＿＿＿＿＿＿＿＿＿＿＿＿＿＿＿＿＿＿＿＿＿＿＿＿＿＿＿＿＿＿＿＿。

（80）多媒体技术的特点：＿＿＿＿＿＿＿＿、＿＿＿＿＿＿＿＿、＿＿＿＿＿＿＿＿。

（81）多媒体计算机软件由＿＿＿＿＿＿＿＿＿＿和＿＿＿＿＿＿＿＿＿＿两部分组成。

（82）多媒体技术的应用领域：＿＿＿＿＿＿＿、＿＿＿＿＿＿＿、＿＿＿＿＿＿＿。

2．单项选择题

（1）完整的计算机系统应包括（　　　）。

    A．运算器、存储器和控制器　　　　B．外部设备和主机

    C．主机和实用程序　　　　　　　　D．配套的硬件设备和软件系统

（2）计算机系统中的存储器系统是指（　　　）。

    A．RAM 存储器　　　　　　　　　B．ROM 存储器

    C．主存储器　　　　　　　　　　　D．主存储器和外存储器

（3）数控机床是计算机在（　　）领域的应用。

    A．实时控制　　　B．数据处理　　　C．辅助设计　　　　　　D．数值计算

（4）计算机科技文献中，英文缩写 CAD 代表（　　）。

    A．计算机辅助制造　　　　　　　　B．计算机辅助教学

    C．计算机辅助设计　　　　　　　　D．计算机辅助管理

（5）对没有外存储器的计算机来说，它的监控程序可以放在（　　）中。

    A．RAM　　　　　B．ROM　　　　　C．RAM 和 ROM　　　D．CPU

（6）目前被广泛使用的计算机是（　　）。

    A．数字计算机　　　　　　　　　　B．模拟计算机

    C．数字模拟混合计算机　　　　　　D．特殊用途的计算机

（7）个人计算机（PC）是属于（　　）类计算机。

    A．大型计算机　　　B．小型计算机　　　C．微型计算机　　　　　D．单片机

（8）下列说法中正确的是（　　）。

    A．控制器能理解、解释并执行所有的指令及存储结果

    B．一台计算机包括输入、输出、控制、存储及算术逻辑运算五个单元

    C．所有的数据运算都在 CPU 的控制器中完成

    D．以上答案均正确

（9）计算机主存的 ROM 是指（　　）。

    A．不能改变其中的数据

    B．只能读出数据不能写入数据

    C．通常用来存储计算机系统中一些固定不变的程序

    D．以上都是

（10）下列（　　）是属于应用软件。

    A．操作系统　　　B．编译程序　　　C．连接程序　　　　　D．文本处理程序

（11）输入、输出装置以及外接的辅助存储器称为（　　）。

    A．操作系统　　　B．存储器　　　　C．主 A 机　　　　　　D．外围设备

（12）计算机中有关 ALU 的说法，正确的是（　　）。

    A．只能做算术运算不能进行逻辑运算

    B．只做加法运算

    C．存放运算的中间结果

    D．以上都不正确

（13）将有关数据加以分类、统计、分析以取得有价值的信息，我们称计算机的这种应用为（　　）。

    A．数值计算　　　B．辅助设计　　　C．数据处理　　　D．实时控制

（14）下列（　　）是计算机辅助教学的英文缩写。

    A．CAD　　　　　B．CAM　　　　　C．CAE　　　　　D．CAI

（15）下列各设备中，（　　）具有输入及输出的功能。

    A．键盘　　　　　B．显示器　　　　C．磁盘驱动器　　　D．打印机

（16）下列（　　）不属于系统软件。

    A．数据库管理系统　　　　　　　　B．操作系统

    C．编译程序　　　　　　　　　　　D．文字编辑程序

（17）下列数中最小的数为（　　　）。

　　A. 10101101B　　B. 256Q　　　　C. ACH　　　　　D. 171D

（18）将−33 以单符号位补码形式存入 8 位寄存器中，寄存器中的内容为（　　　）。

　　A. DFH　　　　　B. A1H　　　　　C. 5FH　　　　　D. DEH

（19）对+0 和−0 表示形式唯一的机器码是（　　　）。

　　A. 原码　　　　　B. 补码　　　　　C. 反码　　　　　D. 真值

（20）8 位补码可表示定点整数的范围是（　　　）。

　　A. −127～+127　　B. −128～+128　　C. −128～+127　　D. −127～+128

（21）原码 1.0101110 所表示的真值为（　　　）。

　　A. −0.0101110　　B. +0.0101110　　C. −0.1010010　　D. +0.1010010

（22）8 位反码可表示定点小数的范围是（　　　）。

　　A. −1～1　　　　B. −1～1 −2^{-7}　　C. −1 + 2^{-7}～1　　D. −1 + 2^{-7}～1 −2^{-7}

（23）在计算机加减法运算中，最常使用的是（　　　）。

　　A. 原码　　　　　B. 补码　　　　　C. 反码　　　　　D. ASCII 码

（24）每个字节中可存放（　　　）个 BCD 码数据。

　　A. 4　　　　　　　B. 3　　　　　　　C. 2　　　　　　　D. 1

（25）在补码浮点数的运算中，判别运算结果为规格化数的条件是（　　　）。

　　A. 尾数最高位为零　　　　　　　B. 尾数最高位为 1

　　C. 尾数最高位与符号位相同　　　D. 尾数最高位与符号位不同

（26）计算机中字符的编码为（　　　）。

　　A. 原码　　　　　B. 补码　　　　　C. 反码　　　　　D. ASCII 码

（27）逻辑运算中的逻辑加是指（　　　）。

　　A. "与"运算　　B. "或"运算　　C. "非"运算　　D. "异或"运算

（28）[X]$_{补}$ = 0.0000，X 的真值为（　　　）。

　　A. 1　　　　　　　B. −1　　　　　　C. +0　　　　　　D. −0

（29）（　　　）的编码保持了数据原有的大小顺序。

　　A. 原码　　　　　B. 补码　　　　　C. 反码　　　　　D. BCD 码

（30）若真值 X 为负小数，则用 n 位二进制数（含符号位）表示的原码定义为（　　　）。

　　A. [X]$_{原}$=X　　　　　　　　　B. [X]$_{原}$= 1−X

　　C. [X]$_{原}$=X−1　　　　　　　　D. [X]$_{原}$=2^{n-1}−X

（31）反码的作用是（　　　）

　　A. 作为求补码的中间手段　　　　B. 作为求原码的中间手段

　　C. 能将负数转换为正数　　　　　D. 能将减法转换为加法

（32）国标码属于（　　　）。

　　A. 音码　　　　　B. 形码　　　　　C. 音形码　　　　D. 数字码

（33）汉字内码又称机内码，其编码方法为（　　　）。

　　A. 每个汉字或字符大多采用 2 个字节长的 ASCII 码，最高位为 0

　　B. 每个汉字或字符大多采用 2 个字节长的 ASCII 码，最高位为 1

　　C. 每个汉字或字符不能采用 3 或 4 个字节长的 ASCII 码

　　D. 每个汉字或字符只能采用 2 个 7 位 ASCII 码

（34）汉字字模码是指（　　）。

    A．一种汉字的内码

    B．一种汉字的输入码

    C．一种用点阵表示的汉字字形代码，属于汉字的输出码。

    D．不采用二进制代码的编码

（35）对于 24×24 点的汉字字模码，每个汉字在字库中占（　　）字节。

    A．32　　　　　　B．72　　　　　　　C．128　　　　　　D．288

（36）逻辑数据表达的是（　　）。

    A．事物的数值关系

    B．事物的数值关系，但不能用 0，1 表示

    C．事物的逻辑关系

    D．事物的逻辑关系，只能用一位的二进制数来表示

（37）存储器如果按存取方式分类的话，可分为（　　）

    A．CPU 控制的存储器和外部设备控制的存储器两类

    B．只读存储器和只写存储器两类

    C．直接存取存储器和间接存取存储器两类

    D．随机存取存储器、只读存储器、顺序存取存储器和直接取存储器

（38）磁盘中的第 0 磁道是指（　　）。

    A．盘片的最外磁道

    B．盘片的最里磁道

    C．盘片半径的 1/2 处的磁道

    D．以上的说法都不对

（39）调制解调器的功能有（　　）。

    A．将模拟信号转换为数字信号

    B．将数字信号转换为模拟信号

    C．传真和语音功能

    D．具有以上所有功能

    E．程序计数器内容加上偏移量

    F．用汇编语言编写的程序执行速度比高级语言慢

3．多项选择题

（1）计算机中可以表示二进制小数的机器码是（　　）。

    A．原码　　　　　B．补码　　　　　C．反码　　　　　D．移码

（2）在计算机中当运算结果超出取值范围的最大值时，则发生（　　）。

    A．溢出　　　　　B．正溢出　　　　　C．负溢出　　　　　D．中断处理

（3）补码的作用是（　　）。

    A．使机器数的码制简单　　　　　　B．使计算机的运算符合其物理性能

    C．能将负数转换为正数　　　　　　D．能将减法转换为加法

（4）对于 n 位二进制整数，（　　　）的表示范围为：$+ (2^{n-1}-1) \sim - (2^{n-1}-1)$。

    A．原码   B．补码   C．反码   D．都不是

（5）对于两个机器数 55H 和 AAH，运算结果相同的逻辑操作是（　　　）。

    A．逻辑与   B．逻辑或   C．逻辑非   D．逻辑异或

（6）在定点数运算中，除加法器之外还必须使用移位器的运算是（　　　）。

    A．加法   B．减法   C．乘法   D．除法

（7）二进制整数采用机器码表示时，（　　　）的表示范围最大。

    A．原码   B．补码   C．反码   D．BCD 码

（8）设字长 8 位并用定点整数表示，模为 2^8，若 $[X]_{\text{补}} = 11111010$，则 X 的原码及真值 X 分别为（　　　）。

    A．$[X]_{\text{原}} = 00000110$, $X = +0000110$

    B．$[X]_{\text{原}} = 10000110$, $X = -0000110$

    C．$[X]_{\text{原}} = 01111010$, $X = +1111010$

    D．$[X]_{\text{原}} = [11111010]_{\text{补}}$, $X = -0000110$

（9）真值 X=−127D，则其真值及 8 位反码分别为（　　　）。

    A．$X = -1000000$, $[X]_{\text{反}} = 11111111$

    B．$X = -1000000$, $[X]_{\text{反}} = 10000000$

    C．$X = -1111111$, $[X]_{\text{反}} = 11111111$

    D．$X = -1111111$, $[X]_{\text{反}} = 10000000$

（10）若 X = 10111001，Y = 11110011，

则 X 和 Y 的"逻辑与"的值及"逻辑异或"的值分别为（　　　）。

    A．110101100，000001101   B．001010011，111110010

    C．10110001，01001010   D．01001110，11111011

4．判断题

（1）微型计算机也称为个人计算机或 PC。   （　　）

（2）字长越长，说明计算机数值的有效位越多，精确度就越高。   （　　）

（3）冯·诺依曼提出了经典的计算机基本工作原理。   （　　）

（4）未来的计算机发展趋势是巨型化、微型化、网络化和智能化。   （　　）

（5）解释型的高级语言是指对源程序进行编译的过程中，编译一条执行一条，直到程序结束。   （　　）

（6）用机器语言编写的程序执行速度较慢，用高级语言编写的程序执行速度快。（　　）

（7）计算机软件是程序、数据和文档资料的集合。   （　　）

（8）计算机语言分三大类：机器语言、低级语言、高级语言。   （　　）

（9）C 语言是一种计算机高级语言。   （　　）

（10）程序必须存放在内存里，计算机才可以执行其中的指令。   （　　）

（11）机器语言是计算机能够直接识别的语言。   （　　）

（12）汇编语言是依赖于机器的语言。   （　　）

（13）汇编语言是高级语言。   （　　）

（14）应用软件就是数据库管理系统。   （　　）

（15）系统软件的作用是支持计算机硬件正常工作。 （　　）

（16）计算机的硬、软件是相互独立的。 （　　）

（17）微型计算机系统由主机和外设组成。 （　　）

（18）不同的计算机系统具有不同的机器语言和汇编语言。 （　　）

（19）外存中的数据可以直接进入 CPU 被处理。 （　　）

（20）裸机是指没有配置任何外部设备的主机。 （　　）

（21）Word、Excel、AutoCAD 等软件都属于应用软件。 （　　）

（22）汇编语言比高级语言运行速度快是因为它采用机器直接能识别的二进制数制编程。

（　　）

（23）编译程序的作用是将源程序翻译成为目标程序。 （　　）

（24）汇编语言中的语句与高级语言中的语句是相同的。 （　　）

（25）科学计算是目前计算机应用最广的领域。 （　　）

5. 名词解释题

解释下列各个计算机术语的含义：

硬件	运算器	存储器	主机	系统软件	操作系统
CPU	ALU	原码	反码	补码	阶码
尾数	基数	规格化数	外围设备	输入设备	输出设备
像素	分辨率	外存储器	磁道	扇区	存储容量
CD-R、CD-RW		调制解调器			

6. 简答题

（1）试举例说明计算机的应用领域有哪些？

（2）操作系统的主要功能有哪些？

（3）试说明现代以存储器为中心的计算机系统的简单工作过程。

（4）简要叙述计算机的组装过程？

（5）在存储的文字信息中，计算机怎样判别它是 ASCII 码还是汉字编码？

（6）计算机中为什么采用二进制数？

（7）浮点数所能表示的数值范围和精度取决于什么？

（8）常用打印机的类型有哪些？各有什么特点？

（9）光盘驱动器的主要技术指标有哪些？

（10）要购买显示器，需要考虑哪些技术指标？

（11）你目前掌握了哪一种杀毒软件的使用方法？

（12）举一常见实例，说明信息载体与信息的区别。

7. 分析与计算题

（1）若某计算机的内存为 128MB，计算该计算机的内存有多少个字节？

（2）若某计算机的地址线是 32 位的，问该计算机最大能访问多大容量的内存？

（3）将下列二进制数转换为十进制数：

①10011101；②10110110；③10000111；④00111000。

（4）将下列十进制数转换成二进制数，再转换成八进制数和十六进制数：

①234；②1023；③131.5；

（5）写出下列二进制数的原码、反码和补码：

①11010100；②0.1010000；③–10101100；④–0.0110000。

（6）一个 32 位的浮点数，阶码用 7 位（含符号位）二进制补码表示，尾数用 25 位（含符号位）二进制原码表示，基数为 2，求它的浮点数的表示范围。

（7）进行下列数值的转换

① 1110. 1100B =（　　　　　　　）D

② 43.75D = (　　　　　　　　　　　)B

③ 53.6 Q = (　　　　　　　　　　)B

④ 2B.CH = (　　　　　　　　　　)B

（8）写出二进制数 "–0.0110110" 的原码、反码和补码。

（9）写出数值 "11010101" 为原码、反码和补码时所对应的二进制真值。

（10）将数 "1010B" 表示成规格化的浮点数。

第2章 Windows Vista 操作系统

学习目标：

☞ 掌握 Windows Vista 的启动与退出、鼠标操作及窗口的基本操作；
☞ 了解桌面与图标的基本概念，了解任务栏的组成以及了解开始菜单的组成；
☞ 掌握 Windows Vista 系统对话框的使用方法；
☞ 理解"资源管理器"的窗口与菜单的概念，掌握资源管理器的启动与退出方法；
☞ 掌握"资源管理器"窗口中的文件和文件夹的基本操作及文件管理功能；
☞ 掌握 Windows Vista 的程序管理功能及控制面板的使用；
☞ 了解 Windows Vista 的多媒体功能、写字板及画图程序的使用。

内容概要

1. Windows Vista 的基本操作

● 启动和退出 Windows Vista。
● 鼠标的基本操作：单击鼠标左键，双击鼠标左键，单击鼠标右键，拖放。
● 窗口的基本元素：标题栏、菜单栏、工具栏、窗口工作区和滚动条。

2. Windows Vista 的文件管理功能

● 启动和退出"资源管理器"。
● 文件和文件夹的基本操作：建立新文件夹，选中文件或文件夹，文件与文件夹的复制、移动、重命名和删除。

3. Windows Vista 的其他常用功能

● 程序管理功能：启动应用程序，为程序建立快捷方式。
● 多媒体功能：录音机，媒体播放机等。
● 控制面板：美化桌面，添加/删除程序。
● 写字板：文本的输入、编辑及打印。
● 画图程序：简单图形的绘制及打印。

典型习题精解

1. 填空题

（1）退出 Windows Vista 应该选择_____菜单的_____命令。

答案：

"文件"　"关闭"

（2）使用鼠标工作时，单击一般用于_____，双击一般用于启动程序或打开窗口、文件夹，拖动一般用于_____，右键单击一般用于_____。

答案：

对图标、菜单命令和按钮的操作　移动或复制某个项目　弹出相关的快捷菜单。

（3）当选定文件或文件夹后，欲改变其属性设置，可以用鼠标单击_____，然后在弹出的菜单中选择"属性"选项。

答案：

右键

（4）在 Windows Vista 系统中，被删除的文件或文件夹将存放在_____。

答案：

"回收站"中

（5）选择连续的多个文件时，先单击要选择的第一个文件名，然后在键盘上按住_____键，移动鼠标单击要选择的最后一个文件名，则一组连续的文件被选定。

答案：

Shift

（6）间隔选择多个文件时，应按住_____键不放，然后单击要选择的多个文件名。

答案：

Ctrl

（7）选择文件和文件夹后，按_____键即可将它们删除。

答案：

Del

（8）Windows Vista 系统中的菜单项右边跟有省略号表明_____。

答案：

选择该菜单项后会出现对话框

（9）在记事本中编辑文档时，若要一次删除一段文本，应先_____这段文本，再用"编辑"菜单中的"删除"命令或键盘上的 Del 键。

答案：

选定

（10）Windows Vista 是一个图形化的操作系统，用户可以在桌面上创建_____，以达到快速访问某个常用项目的目的。

答案：

快捷图标

（11）回收站文件夹中暂时保存的是所有_____。

答案：

删除的文件和文件夹

（12）利用"画图"程序中的"椭圆"按钮，可以画出圆，方法是单击"椭圆"按钮，然后按住_____的同时进行绘制。

答案：

Shift 键

2．简答题

（1）试描述打开"Windows 资源管理器"的两种或两种以上的方法。

答案：

Windows Vista 系统启动资源管理器的方法

① 单击"开始"菜单，选择"运行"选项，在对话框中键入 C：\Windows Vista\explorer，然后单击"确定"按钮。

② 使用鼠标右键单击"开始"菜单，在弹出的快捷菜单中选择"资源管理器"选项。

③ 双击"桌面"上的"资源管理器"图标。

（2）如何移动文件或文件夹？

答案：

文件与文件夹的移动操作可分为鼠标方式和工具栏按钮方式。

① 使用鼠标拖放进行移动

在同一磁盘中进行移动操作：首先选中被移动的文件或文件夹，将鼠标指针移到其中的一个文件或文件夹上，按住鼠标将其拖向"文件夹窗口"，待目标文件夹呈高亮度显示时，释放鼠标键即可完成移动。

在不同磁盘之间进行移动操作：首先选中被移动的文件或文件夹，按住"Shift"键并保持，再将鼠标指针移到其中的一个文件或文件夹上，按住鼠标左键将其拖向"文件夹窗口"，待目标文件夹呈高亮度显示时，释放鼠标键即可完成移动。

② 使用菜单进行移动

首先选中待移动的文件或文件夹，单击窗口工具栏中的"组织"按钮 ▊，从弹出的菜单中选择"剪切"命令 ✂，然后打开目标驱动器或指定文件夹，再次单击窗口工具栏中的"组织"按钮 ▊，从弹出的菜单中选择"粘贴"命令 ▫，完成移动文件或文件夹的操作。

（3）如何恢复被删除的文件或文件夹？

答案：

恢复被删除的文件或文件夹有两种方法。

① 文件或文件夹被删除之后，可单击窗口工具栏中的"组织"按钮 ▊，从弹出的菜单中选择"恢复"命令，可以取消刚刚进行的删除操作，恢复被删除的文件或文件夹。

② 在资源管理器的"文件夹窗口"中，单击"回收站"，"回收站"的内容将显示在"内容窗口"中，选定要恢复的文件或文件夹，可单击窗口工具栏中的"还原此项目"按钮 ▊；或者单击窗口工具栏中的"组织"按钮 ▊，从弹出的菜单中选择"恢复"命令，则需要恢复的文件或文件夹将回到原来位置上。

（4）简述画图程序的功能。

答案：

"画图"是一个绘图软件，用"画图"可以绘制图形、输入文字，处理以图形为主的文件，画图程序可以满足一般的绘图要求。通常画图程序建立的图形文件以".bmp"为扩展名，一般称为位图文件。

在桌面状态下，单击"开始"→"程序"→"附件"→"画图"菜单项，屏幕上出现"画图"窗口。其中，"颜料盒"提供画图所需的各种颜色；"工具箱"提供画图时要用到的各种常用工具。通过单击"颜料盒"中的色块图标，可以选择画图时用的颜色；通过单击"工具箱"中的工具图标，可以选择画图时要用的工具。各种常用的画图工具的名称和功能见表 2.1。

表 2.1　常用画图工具名称和功能

图　标	名　　称	功　　能
	任意形状的裁剪工具	选择不规则形状的剪纸
	选定工具	选择矩形剪纸
	橡皮擦工具	把所有的颜色变成当前的背景色
	用颜色填充工具	用当前所选择的前景色填充指定的区域
	取色工具	提取指定点的颜色
	放大镜工具	放大所查看的区域
	铅笔工具	其功能就像一支铅笔
	刷子工具	随手风格绘画
	喷枪工具	喷出当前所选颜色的点
A	文本工具	可以输入标题或题目的文本
	直线工具	以各种方式画直线
	曲线工具	可以创建曲线形状，是一种随手绘图工具
	矩形工具	绘制矩形
	多边形工具	绘制不规则多边形
	椭圆工具	绘制圆或椭圆
	圆角矩形工具	绘制带有圆角的矩形

（5）简述写字板的功能。

答案：

写字板是一个功能很强的文字处理程序，使用它可以方便地编辑、显示数据及图像，打印文档，从而创建一篇图文并茂的文章。

在桌面状态下，单击"开始"→"程序"→"附件"→"写字板"选项，屏幕上出现"写字板"窗口。其中的工具栏、格式栏、标尺栏及状态栏可通过在"查看"菜单中单击相应的子菜单来选择打开或关闭。有"√"的选项即为打开；如果没有"√"，单击该栏即打开，再次单击即关闭。

文本的输入、编辑工作在文本区中进行。若要输入汉字，可单击状态栏右侧中的输入法图标，在弹出的"输入法"菜单中选择一种汉字输入法，例如"智能 ABC 输入法"。此时，在状态栏左侧会出现几个输入法按钮，其中"英文字母/汉字切换"按钮用于英文字母输入和汉字输入的切换；"中文/西文切换"按钮用于中文标点符号输入和英文标点符号输入的切换。

编辑好的文本可以存盘，也可以打印，具体操作可通过选择菜单栏中"文件"菜单下的相应选项来实现。

上机指导

实习 1　Windows Vista 的基本操作

1．上机目的和要求

熟练掌握启动 Windows Vista 的方法。

认识 Windows Vista 的屏幕对象。

熟练掌握鼠标的使用。

熟练掌握退出 Windows Vista 的方法。

2．上机内容和操作步骤

（1）启动 Windows Vista。

① 在 A 驱动器中不要装入磁盘，打开显示器等外部设备的电源开关。

② 打开主机的电源开关。请注意观察启动 Windows Vista 的过程。

（2）认识 Windows Vista 的桌面。

① 认识"回收站"图标。

② 认识 Windows Vista 的任务栏和任务栏上的"开始"按钮。

（3）鼠标的基本操作。

① 观察鼠标指针的形状。

② 单击鼠标左键：单击"回收站"图标，请注意观察屏幕的显示。

③ 双击鼠标左键：双击"回收站"图标，打开"回收站"窗口，请注意观察屏幕的显示。

④ 单击鼠标右键：用鼠标右键单击"回收站"图标，观察出现的快捷菜单及其相应的命令，用鼠标左键单击桌面的空白位置，关闭快捷菜单。

⑤ 拖放：拖动桌面中的"回收站"图标，移动它的位置，请注意观察屏幕的变化情况。

（4）窗口的基本操作。

① 打开窗口：在桌面上双击"计算机"图标，打开"计算机"窗口。

② 认识窗口中的标题栏、导航栏、菜单栏、常用工具按钮、任务窗格、内容显示区、信息栏。

③ 使用鼠标操作窗口。

● 打开"控制面板"窗口：双击桌面上的"计算机"图标，打开"计算机"窗口；单击任务窗格中的"控制面板"，打开"控制面板"窗口。

● 改变窗口的大小：单击"控制面板"窗口右上角的"最大化"按钮 ▣ ，可以使窗口变得最大，同时最大化按钮变成还原按钮 ▣ ；单击"还原"按钮 ▣ ，窗口又恢复成最大化之前的形状，同时还原按钮又变成最大化按钮 ▣ 。单击"控制面板"窗口右上角的最小化按钮 ▬ ，可以使窗口最小化为任务栏上的一个按钮 控制面板 ；单击任务栏上表示"控制面板"窗口的按钮，窗口又恢复成最小化之前的形状；将鼠标指针指向窗口的边框，当鼠标指针变成双向箭头形状时，拖动鼠标可以改变窗口的大小；将鼠标指针指向窗口某个角的顶点，当鼠标指针变成双向箭头形状时，可以成比例地改变窗口大小。

● 自由练习：请改变"控制面板"窗口的大小，使它约占屏幕 1/2 的区域。

（5）退出 Windows Vista。

① 关闭所有打开的应用程序，保存所有编辑文件。

② 单击左下角的"开始"按钮，弹出"开始"菜单，选择其中的"关闭"命令。

③ 弹出"关闭 Windows"对话框，在"希望计算机做什么"下方的下拉列表中选择"关机"。

④ 单击"确定"按钮，即可退出 Windows Vista 关闭计算机。

实习 2　文件与文件夹的操作

1．上机目的和要求

熟练掌握新建文件夹的方法。

熟练掌握新建 Word 文档的方法。

熟练掌握复制文件和文件夹的方法。

熟练掌握移动文件和文件夹的方法。

熟练掌握多窗口之间复制文件和文件夹的方法。

熟练掌握多窗口之间移动文件和文件夹的方法。

2．上机内容和操作步骤

（1）建立新文件夹与新文件。

① 启动 Windows Vista。

② 通过"资源管理器"在 C 盘目录下建立新文件夹"Exercise"。

● 在资源管理器中选定 C 盘。

● 单击常用工具按钮中的"组织"按钮 ，在出现下拉列表中选择"新建文件夹"选项，在资源管理器的"内容窗口"将出现一个名为"新建文件夹"的小编辑框，请注意观察屏幕的显示。

● 在小编辑框中键入新建文件夹的名字"Exercise"，然后单击鼠标左键或按回车键确认。

③ 自由练习：在 D 盘目录下建立一个新文件夹"计算机应用基础"。

2．文件夹或文件的复制与移动

① 启动 Windows Vista。

② 使用鼠标拖放完成将 D 盘的"AA"文件夹复制到 C 盘的操作。

● 首先在资源管理器中，单击 D 盘图标，进入 D 盘文件夹。

● 选中"AA"文件夹，用鼠标拖动被复制的 AA 文件夹，到达 C 盘时释放鼠标。

● 完成复制。

③ 使用菜单完成将 D 盘"BB"文件夹件移动到 C 盘的操作。

● 启动资源管理器，单击 D 盘图标，进入 D 盘文件夹。

● 选中"BB"文件夹，单击窗口工具栏中的"组织"按钮 ，从弹出的菜单中选择"剪切"命令 。

● 单击 C：盘图标，再次单击窗口工具栏中的"组织"按钮 ，从弹出的菜单中选择"粘贴"命令 。

● 完成移动。

④ 自由练习：将 C 盘的 "Exercise" 文件夹件移动到 D 盘的操作。

（3）多窗口之间的复制与移动操作。

① 启动 Windows Vista。

② 使用菜单完成将 D 盘的 "CC.TXT" 文件复制到 C 盘的操作。

● 启动资源管理器（记为 A 窗口），进入 D 盘文件夹，并 "还原"窗口大小。

● 再次启动资源管理器窗口（记为 B 窗口），进入 C 盘文件夹，并 "还原"窗口大小。

● 单击 A 窗口，使之成为活动窗口，选中 A 窗口中的 "CC.TXT" 文件，单击窗口工具栏中的 "组织" 按钮 ，从弹出的菜单中选择 "复制" 命令 。

● 单击 B 窗口，使之成为活动窗口，单击窗口工具栏中的 "组织" 按钮 ，从弹出的菜单中选择 "粘贴" 命令 ，完成复制。

③ 用鼠标拖放进行复制。使用鼠标直接将 "CC.TXT" 文件从 A 窗口拖动到 B 窗口。

④ 自由练习：利用多窗口将 C 盘的 "JAVA" 文件夹移动到 D 盘的操作。

（4）文件夹或文件的重命名、删除与属性设置。

① 启动 Windows Vista。

② 利用右键快捷菜单将 C 盘的 AA 文件夹改名为 AB。

● 选中 C 盘的 AA 文件夹。

● 右键单击 AA 文件夹，在弹出的快捷菜单中选择 "重命名" 选项。

● 在编辑框中键入新名 "AB"，然后单击鼠标左键或按回车键确认。

③ 用菜单删除 D 盘的 AA 文件夹。

● 选中 D 盘的 AA 文件夹。

● 单击窗口工具栏中的 "组织" 按钮 ，从弹出的菜单中选择 "删除" 命令 ，弹出 "确认文件夹删除" 对话框。

● 单击 "是"按钮，该文件夹被删除。

④ 用右键快捷菜单设置 C 盘的 AB 文件夹为 "只读"、"隐藏" 属性。

● 选中 C 盘的 AB 文件夹。

● 右键单击 AB 文件夹，在弹出的快捷菜单中选择 "属性" 选项。

● 弹出属性对话框，单击 "只读" 和 "隐藏" 选项，然后单击 "确定" 按钮。

⑤ 自由练习：利用快捷菜单将 D 盘的 JAVA 文件夹删除。

实习 3 改变窗口的显示方式的操作

1. 上机目的和要求

熟练掌握在资源管理器改变窗口显示方式的方法。

熟练掌握在资源管理器窗口中排列图标的方法。

2. 上机内容和操作步骤

（1）利用资源管理器改变窗口显示方式。

● 启动资源管理器窗口。

● 单击窗口工具栏中的 "视图" 按钮 ，从弹出的菜单中选择 "特大图标"、"大图标"、"中等图标"、"小图标"、"列表"、"详细资料" 和 "平铺" 等选项中任选 1 个。

● 启动资源管理器，进入 C 盘文件夹。

● 单击"查看"菜单，选择"排序方式"选项，可在子菜单提供的"名称"、"大小"、"类型"、"标记"、"修改日期"、"递增"和"递减"等方式中任选一种排序方式。

实习4　创建桌面快捷方式

1．上机目的和要求

熟练掌握创建桌面快捷方式的方法。

2．上机内容和操作步骤

练习创建 PowerPoint.exe 的桌面快捷方式，主要有以下三个步骤：
① 在桌面的空白位置，单击鼠标右键，弹出快捷菜单。
② 选择"新建"选项中的"快捷方式"，进入"创建快捷方式"对话框。
③ 单击对话框中的"浏览"按钮，选择"PowerPoint.exe"文件。

实习5　回收站的使用

1．上机目的和要求

熟练掌握启动"回收站"的方法。
熟练掌握"回收站"窗口中的一些命令的使用方法。

2．上机内容和操作步骤

（1）送入"回收站"删除。
选中准备删除的文件"A1.doc"，单击"文件"菜单，选择"删除"选项，出现确认文件删除对话框，单击"是"按钮，执行删除操作。
（2）恢复被删除的文件或文件夹。
直接双击启动桌面上的"回收站"或在资源管理器的"文件夹窗口"中，单击"回收站"，"回收站"的内容将显示在"内容窗口"中，选定要恢复的文件"A1.doc"，单击"文件"菜单，选择"还原"命令，则"A1.doc"文件将被恢复到删除前的原有位置上。
（3）清空"回收站"。
在"回收站"窗口中，单击"文件"菜单，选择"清空回收站"命令，则"回收站"中的全部文件或文件夹将被删除。

实习6　使用控制面板改变计算机的设置

1．上机目的和要求

熟练掌握桌面背景的设置方法。
熟练掌握添加程序与删除程序操作方法。

2．上机内容和操作步骤

（1）改变桌面的背景设置。
● 单击"开始"按钮，在"开始"菜单中，选择"设置"中的"控制面板"命令，打开"控制面板"窗口。
● 在"控制面板"窗口中双击"个性化"图标 ，打开"个性化"窗口。

● 双击"桌面背景"图标 ▇，打开"桌面背景"窗口。

● 在对话框中选择合适的"桌面背景"，单击"确定"按钮，完成"桌面背景"的设置。

2．卸载不用的软件

● 单击"开始"按钮，在"开始"菜单中，选择"设置"中的"控制面板"命令，打开"控制面板"窗口。

● 在"控制面板"窗口中双击"程序和功能"图标 ▇，打开"程序和功能"窗口。

● 从列表中选择要卸载的软件，单击"卸载/更改"按钮。

● 打开"卸载/更改"对话框，单击"是"按钮，完成卸载不用的软件的操作。

实习 7　"写字板"程序的基本操作

1．上机目的和要求

熟练掌握启动"写字板"程序的方法。

了解"写字板"窗口中各部分的组成。

掌握编辑文本的基本方法。

2．上机内容和操作步骤

（1）启动 Windows Vista。

（2）启动"写字板"程序。

① 单击"开始"→"程序"→"附件"→"写字板"，打开"写字板"窗口。

② 认识写字板窗口的标题栏、菜单栏、工具栏、格式栏、标尺、文本编辑区、光标及状态栏。请注意观察屏幕的显示。

3．选择一种输入方法输入图 2.1 所示的样例文章。

Word 大作业要求

1．Word 文档内容自选。但必须与他人作品不同，突出自己的个性，发挥自己的创造性。

2．一个学生一个 Word 文档，并且该文档的名称必须以规定的格式命名：<自己的学号姓名>.doc（注意：学号在前、姓名在后，学号与姓名紧挨着）。

3．Word 文档的内容要完整、连贯、新颖、丰富。

4．输入自选文档。

5．要求文档中有段落格式设置，包括：对齐方式（任选两端对齐、居中、左对齐等）、首先缩进、悬挂缩进、首字下沉、项目符号和间隔（同一段落中的行间和不同段落的间隔），同时还包括背景色、底纹和边框。

6．对文档标题进行排版；并且给文档的标题加注拼音。

7．要求文档中有字符格式设置，包括：字体、字型、字号、颜色、效果、上标下标等设置。

8．在文档中插入图片或剪贴画、艺术字、自己的绘画；并为图片加入如"图 2.1"形式的题注，且对图片、绘画进行格式设置，包括：版式、颜色和线条。

9．要求文档中有页面格式设置，如：页边距、页眉、页脚、分节符、分页符、分栏等。

10．为文档插入水印效果。

11．在文档中插入表格，并对其进行格式设置（包括所学各知识点）。

12．在文档中设置中文格式，如：带圈字符、合并字符等。

13．学生必须熟练掌握的基本操作有：移动、复制、删除、查找与替换等——教师随时抽查。

14．（选做）在文档中插入图表，并对其进行格式设置。

图 2.1　"写字板"作业的样文

（4）编辑文本，改正输入错误。请注意观察屏幕的显示。

（5）以"Word 大作业要求"为文件名，把文件保存在 C:\STUDENT 文件夹中。

① 单击工具栏上的"保存"按钮，或选择"文件"菜单的"保存"命令，打开"另存为"对话框。请注意观察屏幕的显示。

② 在"文件名"文本框输入文件名"Word 大作业要求"，在"保存在"下拉列表框设置文件存放在 C:\STUDENT 文件夹。请注意观察屏幕的显示。

③ 单击"保存"按钮，保存文件。

（6）单击"写字板"窗口的关闭按钮，关闭窗口。

实习 8　"画图"程序的基本操作

1．上机目的和要求

熟练掌握启动画图程序的方法。

掌握画图程序的基本操作方法。

2．上机内容和操作步骤

（1）启动 Windows Vista。

（2）使用"画图"程序保存"计算机"窗口的图片，并加上图题。

① 打开"计算机"窗口，并适当缩小窗口。

② 按 Alt+Print Screen 键，把"计算机"窗口复制到剪贴板上。

③ 启动"画图"程序。

● 单击"开始"→"程序"→"附件"→"画图"菜单项，打开"画图"窗口。请注意观察屏幕的显示。

● 认识"画图"窗口的标题栏、菜单栏、工具箱、图片编辑区。

④ 把剪贴板上的内容粘贴到"画图"窗口中。

● 选择"编辑"菜单的"粘贴"命令。

● "计算机"显示内容就出现在"画图"窗口的工作区中。请注意观察屏幕的显示。

⑤ 添加图题。

● 选择"图像"菜单的"属性"命令，打开如图 2.2 所示的"属性"对话框。

图 2.2　"属性"对话框

● 在"宽度"、"高度"文本框中输入合适的值。

● 选择"确定"按钮，"画图"窗口中的图片编辑区宽度、高度发生了变化。请注意观察屏幕的显示。

- 先选择画图工具箱中的"文字"工具，再用鼠标画出输入文字的区域。
- 输入图题的文字"我的电脑窗口"。请注意观察屏幕的显示。

⑥ 保存文件。

- 选择"文件"菜单的"保存"命令，打开"另存为"对话框。
- 在"文件名"文本框输入文件名"我的电脑窗口"，在"保存类型"下拉列表框设置文件类型为"24 位位图"，在"保存在"下拉列表框设置文件存入 C :\STUDENT\PICTURE 文件夹中。请注意观察屏幕的显示。
- 单击"保存"按钮，保存文件。

⑦ 单击"画图"窗口的关闭按钮，或选择"文件"菜单的"退出"命令，关闭窗口。

⑧ 自由练习。

- 再次打开"画图"窗口。
- 使用"画图"窗口工具箱中的工具，自己创建一幅图画。

📖 综合练习题 2

1. 填空题

（1）文本框用于输入_____，用户可以直接在文本框中键入信息，也可单击其右端的_____按钮，打开_____框，从中选取所需的信息。

（2）Windows Vista 是_____位操作系统。

（3）复选框允许同时选择_____选择项，而选项按钮每次只能选择_____个。

（4）Windows Vista 系统的对话框中，如果出现"▼"箭头，单击它可以_____。

（5）桌面是指_____。

（6）单击鼠标右键将弹出_____。

（7）Windows Vista 系统的窗口还原是指将窗口还原成_____。

（8）从资源管理器的左右窗口选定要查看的文件或文件夹，在_____菜单中单击_____命令，即可显示该文件或文件夹的属性对话框。

（9）在 Windows Vista 系统的桌面上指向某一对象，按住鼠标左键，移动鼠标指针到指定位置，再释放左键，常用于_____。

（10）在 Windows Vista 系统的菜单项中，▶ 符号表示选中该菜单选项后，将弹出一个_____。

（11）间隔选择若干组连续文件时，应首先选择第一个局部连续组，然后按住_____键并单击第二个局部连续组的第一个文件或文件夹，再按住_____组合键，单击第二个局部连续组的最后一个文件或文件夹。

（12）若要取消单个已选定的文件，_____已选定的文件名即可。若要取消全部已选定的文件，只需单击_____即可。

（13）在资源管理器窗口中有_____、_____、_____、_____、_____和_____七种查看文件夹内容的方式。可以通过常用工具栏的_____按钮进行选择。

（14）在 Windows Vista 系统中可以使用"回收站"恢复_____盘上被误删的文件。

（15）Windows Vista 系统的窗口最小化是将窗口缩小为最小，即缩为一个_____。

（16）创建桌面快捷方式，应在桌面的空白位置单击鼠标右键，在弹出的快捷菜单中选择_____选项的"快捷方式"。

（17）桌面上的所有图标一般存放在_____文件夹下。

（18）设置任务栏的隐藏，应在_____对话框中进行。

（19）窗口的横向平铺是指将所有已经打开的应用程序窗口_____桌面上。

（20）向"开始"菜单或"所有程序"选项中添加快捷方式，应在_____对话框中进行。

（21）在 Windows Vista 系统中，输入中文文档时，为了输入一些特殊符号，可以使用系统提供的_____。

（22）在输入法状态窗口中，█ 表示当前输入法为_____角状态。

（23）在输入法状态窗口中，█ 表示当前标点符号为_____文标点状态。

（24）在中文输入法状态时，如果需要键入大写的英文字符，可以使用键盘上的_____键。

（25）"Ctrl+Shift"组合键的功能是_____。

（26）"Ctrl+空格"组合键的功能是_____。

（27）"Shift+空格"组合键的功能是_____。

（28）打开或关闭软键盘的方法是_____。

（29）任务栏右侧的"En"图标的作用是_____。

（30）"全角"与"半角"字符的区别是_____。

（31）安装打印机时，一般选择_____端口。

（32）控制面板是一个_____。

（33）控制面板包含了_____。

（34）设置屏幕保护程序是为了_____。

（35）改变显示器的分辨率，应选择"显示属性"对话框的_____标签。

（36）添加与设置输入法，应选择控制面板中的_____图标。

（37）显示与关闭任务栏右侧的 █ 图标，应在_____对话框中进行。

（38）添加或删除字体，应选择控制面板中的_____图标。

（39）正确卸载应用程序的方法，应从_____中进行。

（40）设置系统日期与时间，既可以启动控制面板中的_____图标，也可以双击任务栏上的_____。

（41）在 Windows Vista 系统中，需要将当前选中的内容复制到剪贴板时，可以使用_____按钮。

（42）记事本与画图程序均可以在_____中找到。

（43）剪贴板中的内容可以一直保存到_____时。

（44）将剪贴板中的内容保存在一个文件中时，该文件的扩展名为_____。

（45）将画图程序中的内容保存在一个文件中时，该文件的扩展名为_____。

（46）将记事本中的内容保存在一个文件中时，该文件的类型是_____类型，其扩展名为_____。

（47）在记事本中，可以通过_____设置页面的大小和边距。

（48）利用画图程序中的"椭圆"按钮，可以画出圆，方法是单击"椭圆"按钮，然后按住_____的同时进行绘制。

（49）在画图程序中单击"橡皮"按钮，按住鼠标左键拖动，将以_____进行擦除。

（50）删除剪贴板的内容，可以使用_____。

（51）在画图程序中选取前景颜色时，应使用_____。

（52）画图程序中的"选择矩形形状"按钮，一般用于_____。

（53）设置"记事本"的字体，应在_____菜单的_____对话框中进行。

（54）Windows Vista 系统提供的媒体播放器，可以在"开始"菜单的"程序"选项中的_____下的_____中找到。

（55）CD 播放器用于播放_____。

（56）画图程序中如果需要在当前图片中添加文字，可以单击_____按钮。

2. 单项选择题

（1）下列操作中，不能运行一个应用程序的操作是_____。

　　A. 用"开始"菜单中的"计算机"选项

　　B. 用鼠标左键双击查找到的文件名

　　C. 用"开始"菜单的"电子邮件"选项

　　D. 用鼠标单击"任务栏"中某应用程序的图标

（2）Windows Vista 系统的应用程序都可以在_____中找到。

　　A. 窗口　　　　　B. 桌面　　　　　　C. 对话框　　　　D. 程序组

（3）要想在任务栏上激活某一窗口，不能使用的操作是_____。

　　A. 单击该窗口对应的任务栏图标

　　B. 右击该窗口对应的任务栏图标，从弹出的菜单中选择最大化命令

　　C. 右击该窗口对应的任务栏图标，从弹出的菜单中选择最小化命令

　　D. 右击该窗口对应的任务栏图标，从弹出的菜单中选择还原命令

（4）Windows Vista 系统的"任务栏"上的内容为_____。

　　A. 当前窗口的图标　　　　　　　B. 当前正在前台执行的应用程序名

　　C. 所有已打开的应用程序的图标　　D. 已经打开的文件名

（5）在 Windows Vista 系统下，安全地关闭计算机的正确操作是_____。

　　A. 直接按主机面板上的电源按钮

　　B. 先关闭显示器，再关闭主机

　　C. 单击开始菜单，选择关闭系统选项中的"关机"命令

　　D. 选择程序中的 MS-DOS 方式，然后关机

（6）在 Windows Vista 系统中，如果一个窗口表示一个应用程序，那么打开窗口则意味着_____。

　　A. 显示该应用程序的内容　　　　B. 将该应用程序的窗口最大化

　　C. 运行该应用程序　　　　　　　D. 将该应用程序调至前台运行

（7）设 Windows Vista 系统的桌面上已经有某个应用程序的图标，要运行该程序，可以使用的操作是_____。

　　A. 用鼠标左键单击该图标　　　　B. 用鼠标右键单击该图标

　　C. 用鼠标左键双击该图标　　　　D. 用鼠标右键双击该图标

（8）关闭一台运行 Windows Vista 系统的计算机之前应首先_____。

    A．关闭所有已打开的应用程序　　　　B．关闭 Windows Vista 系统

    C．断开服务器连接　　　　　　　　　D．直接关闭电源

（9）从快速工具栏上启动一个应用程序，应在该应用程序的图标上_____。

    A．单击鼠标左键　　　　　　　　　　B．双击鼠标左键

    C．单击鼠标右键　　　　　　　　　　D．双击鼠标右键

（10）在 Windows Vista 系统下，移动硬盘上被删除的文件_____。

    A．可以用"回收站"恢复　　　　　　B．不能恢复

    C．一定能用"回收站"恢复　　　　　D．可以用撤销按钮恢复

（11）在 Windows Vista 系统中，用鼠标左键在不同的驱动器之间拖动某一对象，结果是_____。

    A．移动该对象　　　B．复制该对象　　　C．删除该对象　　　D．无任何结果

（12）在 Windows Vista 系统中，不能打开"资源管理器"窗口的操作是_____。

    A．用鼠标左键单击"开始"按钮→"所有程序"→选择"附件"下的"资源管理器"选项

    B．用鼠标左键单击"任务栏"空白处

    C．用鼠标右键单击"开始"按钮，选择"资源管理器"选项

    D．用鼠标左键单击"开始"按钮，选择"计算机"选项

（13）在 Windows Vista 系统的"资源管理器"窗口中，如果一次选定多个分散的文件或文件夹，正确的操作是_____。

    A．按住 Ctrl 键，用鼠标右键逐个选取

    B．按住 Ctrl 键，用鼠标左键逐个选取

    C．按住 Shift 键，用鼠标右键逐个选取

    D．按住 Shift 键，用鼠标左键逐个选取

（14）在 Windows Vista 系统中，有两个对系统资源进行管理的程序组，它们是"资源管理器"和_____。

    A．"回收站"　　　B．"剪贴板"　　　C．"计算机"　　　D．"最近使用的项目"

（15）在 Windows Vista 系统的"资源管理器"窗口中，其左侧窗口中显示的是_____。

    A．当前打开的文件夹的内容

    B．系统的文件夹树

    C．当前打开的文件夹名称及其内容

    D．不显示任何信息

（16）在 Windows Vista 系统的"计算机"窗口中，若已选定硬盘上的文件或文件夹，并按了 Del 键和"是"按钮，则该文件或文件夹将_____。

    A．被删除并放入"回收站"　　　　　B．不被删除也不放入"回收站"

    C．被删除但不放入"回收站"　　　　D．不被删除但放入"回收站"

（17）在 Windows Vista 系统的"资源管理器"窗口中，为了将选定的硬盘上的文件或文件夹复制到移动硬盘，应进行的操作是_____。

    A．先将它们删除并放入"回收站"，再从"回收站"中恢复

    B．用鼠标左键将它们从硬盘拖动到移动硬盘上

　　　　C．先执行"编辑"菜单下的"剪切"命令，再执行"编辑"菜单下的"粘贴"命令

　　　　D．用鼠标右键将它们从硬盘拖动到移动硬盘上，并从弹出的快捷菜单中选择"移动到当前位置"

（18）在 Windows Vista 系统的"资源管理器"左侧窗口中，若显示的文件夹图标前带有符号（▷），则意味着该文件夹_____。

　　　　A．含有下级文件夹　　B．仅含文件　　　　C．是空文件夹　　　D．不含下级文件夹

（19）在 Windows Vista 系统的窗口中，选中末尾带有省略号〔…〕的菜单意味着_____。

　　　　A．将弹出下一级菜单　　　　　　　　B．将执行该菜单命令

　　　　C．表明该菜单选项已被选用　　　　　D．将弹出一个对话框

（20）在 Windows Vista 系统中，不能执行操作的菜单项是_____。

　　　　A．带省略号的菜单项　　　　　　　　B．带向右三角形箭头的菜单项

　　　　C．颜色变灰的菜单项　　　　　　　　D．带黑色圆点的菜单项

（21）下列不可能出现在 Windows Vista 系统的资源管理器窗口左侧的选项是_____。

　　　　A．回收站　　　　　B．桌面　　　　C．（C:）　　　　D．资源管理器

（22）在 Windows Vista 系统的资源管理器窗口右侧，若已选定了所有文件，如果要取消其中几个文件的选定，应进行的操作是_____。

　　　　A．用鼠标左键依次单击每个要取消选定的文件

　　　　B．按住 Ctrl 键，再用鼠标左键依次单击每个要取消选定的文件

　　　　C．按住 Shift 键，再用鼠标左键依次单击每个要取消选定的文件

　　　　D．用鼠标右键依次单击每个要取消选定的文件

（23）在 Windows Vista 系统中，打开资源管理器窗口后，要改变文件和文件夹的显示方式，应选用_____。

　　　　A．"文件"菜单　　　　　　　　　　B．"编辑"菜单

　　　　C．"查看"菜单　　　　　　　　　　D．"帮助"菜单

（24）在资源管理器的左窗口中，单击某个文件夹的图标，将_____。

　　　　A．在左窗口中扩展该文件夹

　　　　B．在右窗口中显示该文件夹中的子文件夹和文件

　　　　C．在右窗口中只显示该文件夹中的子文件夹

　　　　D．在右窗口中只显示该文件夹中的文件

（25）在 Windows Vista 系统中，无法实现移动某一对象的操作是_____。

　　　　A．同盘之间的鼠标拖动

　　　　B．不同盘之间的鼠标拖动

　　　　C．使用工具按钮中的"剪切"和"粘贴"

　　　　D．使用编辑菜单中的"剪切"和"粘贴"

（26）在资源管理器窗口的右上角有三个控制按钮，它们是_____。

　　　　A．最大化、最小化和还原　　　　　　B．最大化、最小化和关闭

　　　　C．最大化、还原和关闭　　　　　　　D．最小化、还原和关闭

（27）在资源管理器中，若在文件夹窗口选择了 A 文件夹，然后使用"文件"菜单中的"新建文件夹"选项，建立 B 文件夹，则_____。

　　　　A．B 文件夹是 A 文件夹的子文件夹　　B．A 文件夹是 B 文件夹的子文件夹

C．A 文件夹与 B 文件夹是同一个文件夹下的子文件夹

D．B 文件夹建立在当前盘的根文件夹下，与 A 文件夹无关

（28）在资源管理器中，若在文件夹窗口选择了"STUDENT"文件夹，然后连续使用两次"新建文件夹"选项，分别建立"A"文件夹和"B"文件夹，则文件夹"STUDENT"，"A"和"B"之间的关系是_____。

　　A．"A"是"STUDENT"的子文件夹，"B"不是

　　B．"B"是"A"的子文件夹

　　C．"A"、"B"都是"STUDENT"的子文件夹，并且它们是同级文件夹

　　D．"A"，"B"和"STUDENT"都是同级文件夹

（29）下列关于"快速格式化"操作的叙述中错误的是_____。

　　A．该操作只能删除磁盘的目录信息　　　B．该操作不扫描磁盘上的坏扇区

　　C．该操作可用于已格式化的磁盘　　　　D．该操作可用于未经格式化的新磁盘

（30）用鼠标移动窗口时，下面做法正确的是_____。

　　A．将鼠标的光标放在标题栏上，按住鼠标左键拖动

　　B．将鼠标的光标放在标题栏上，按住鼠标右键拖动

　　C．将鼠标的光标放在窗口的任意位置上，按住鼠标左键拖动

　　D．将鼠标的光标放在窗口的任意位置上，按住鼠标右键拖动

（31）在资源管理器中，如果选择按类型显示文件，用户看到的将是_____。

　　A．先按文件扩展名再按文件名的字母顺序排列文件

　　B．按时间顺序排列文件

　　C．按上次保存的日期顺序排列文件

　　D．按文件的大小顺序排列文件

（32）把 Windows Vista 的窗口和对话框做一比较，窗口可以移动和改变大小，而对话框_____。

　　A．既不能移动，也不能改变大小　　　　B．仅可以移动，不能改变大小

　　C．仅可以改变大小，不能移动　　　　　D．既能移动，也能改变大小

（33）以下说法错误的是_____。

　　A．在资源管理器中，可按文件的大小顺序排列文件

　　B．在资源管理器中，可按文件名的长短顺序排列文件

　　C．在资源管理器中，可按文件的日期顺序排列文件

　　D．在资源管理器中，可按文件的类型顺序排列文件

（34）用鼠标进行文件复制时，鼠标的光标将会变成一个带着_____。

　　A．减号的文件图标　　　　　　　　　　B．加号的文件图标

　　C．手形的文件图标　　　　　　　　　　D．沙漏的文件图标

（35）利用资源管理器的"移动"命令移动一个文件夹时，该文件夹的子文件夹_____。

　　A．与该文件夹一起移动　　　　　　　　B．不移动

　　C．是否移动由系统设置来确定　　　　　D．是否移动通过对话框来选择

（36）利用资源管理器的"复制"命令复制一个文件夹时，该文件夹的子文件夹_____。

　　A．与该文件夹一同被复制　　　　　　　B．不会被复制

　　C．是否被复制由系统设置来确定　　　　D．是否被复制通过对话框来选择

（37）在资源管理器中，要将所选的文件删除时，应该使用_____键。

A．Esc　　　　　B．Del　　　　　C．Backspace　　　D．F3

（38）如果希望快速找到 Autoexec.bat 文件，应选择_____方式。

A．按名称排序　B．按类型排序　　　C．按大小排序　　D．按日期排序

（39）对于 Windows Vista 系统，下列叙述中正确的是_____。

A．Windows Vista 系统的操作只能用鼠标

B．Windows Vista 系统为每一个启动的应用程序自动建立一个显示窗口，其位置和大小不能改变

C．在不同的磁盘间，不能用鼠标拖动文件名的方法实现文件移动

D．Windows Vista 系统可以打开多个窗口，它们既可以平铺，也可以层叠

（40）在 Windows Vista 系统的"回收站"中，存放的_____。

A．只能是硬盘上被删除的文件或文件夹

B．只能是软盘上被删除的文件或文件夹

C．可以是硬盘或软盘上被删除的文件或文件夹

D．可以是所有外存储器中被删除的文件或文件夹

（41）在 Windows Vista 系统中，"任务栏"_____。

A．只能改变位置不能改变大小

B．只能改变大小不能改变位置

C．既不能改变位置也不能改变大小

D．既能改变位置也能改变大小

（42）在 Windows Vista 系统中，用户同时打开的多个窗口，可以层叠式或平铺式排列，要想改变窗口的排列方式，应进行的操作是_____。

A．用鼠标右键单击"任务栏"空白处，在弹出的快捷菜单中选取要排列的方式

B．用鼠标右键单击桌面空白处，在弹出的快捷菜单中选取要排列的方式

C．启动"资源管理器"窗口，选择"查看"菜单中的"排列图标"选项

D．启动"我的电脑"窗口，选择"查看"菜单中的"排列图标"选项

（43）在 Windows Vista 中，将一个应用程序窗口最小化后，该应用程序_____。

A．仍在后台运行　　　　　　　B．暂时停止运行

C．完全停止运行　　　　　　　D．出错

（44）Windows Vista 操作系统是一个_____。

A．单用户多任务操作系统　　　B．单用户单任务操作系统

C．多用户单任务操作系统　　　D．多用户多任务操作系统

3．判断题

（1）Windows Vista 可以打开多个窗口，可以同时选择多个窗口为活动窗口。　　（　　）

（2）一组单选按钮可以选择多个，一组复选框只能选择一个。　　（　　）

（3）在 Windows Vista 中，对文件夹也有类似于文件一样的"复制"、"移动"、"重新命名"以及"删除"等操作，但其操作方法是不相同的。　　（　　）

（4）在 Windows Vista 中可以同时打开多个窗口，但只有一个是活动窗口。　　（　　）

（5）控制按钮中的"还原"按钮，可以恢复最小化的窗口。　　（　　）

（6）窗口的最小化是指关闭该应用程序。　　　　　　　　　　　　　（　　）

（7）桌面上的图标完全可以按用户的意愿重新排列。　　　　　　　　（　　）

（8）只有对活动窗口才能进行移动、改变大小等操作。　　　　　　　（　　）

（9）关闭一个窗口就是将该窗口正在运行的程序转入后台运行。　　　（　　）

（10）有的窗口可以有"工具栏"，"工具栏"中的每一个按钮都代表一条命令。（　　）

（11）在第一次和第二次单击鼠标期间，不能移动鼠标，否则双击无效只能执行单击命令。
　　　　　　　　　　　　　　　　　　　　　　　　　　　　　　　（　　）

（12）当用户为应用程序创建快捷方式时，就是将应用程序再增加一个备份。（　　）

（13）文件和文件夹对象的快捷菜单中都有"剪切"、"复制"、"删除"和"重命名"选项，可以对它们进行相应的操作。　　　　　　　　　　　　　　　　（　　）

（14）在 Windows Vista 中，为了终止一个应用程序的运行，可以先单击该应用程序窗口中的"控制"菜单框，然后在控制菜单中单击"关闭"按钮。　　　　（　　）

（15）Windows Vista 窗口中的"工具栏"是不可以移动位置的。　　　（　　）

（16）所谓"桌面"是 Windows Vista 启动后，用户所看到的整个屏幕。（　　）

（17）Windows Vista 采用树形管理文件夹方式管理和组织文件。　　（　　）

（18）将当前窗口内容复制到"剪贴板"上，应按 Alt+Print Screen 键。（　　）

（19）"开始"菜单不能自行定义。　　　　　　　　　　　　　　　　（　　）

（20）Windows Vista 的剪贴板只能复制文本，不能复制图形。　　　（　　）

（21）如果需要经常运行一个程序，则可在桌面上创建一个该程序的图标，随时访问都很方便。　　　　　　　　　　　　　　　　　　　　　　　　　　　（　　）

（22）从"回收站"中，既可以恢复从硬盘上删除的文件或文件夹，也可恢复从移动硬盘上删除的文件夹。　　　　　　　　　　　　　　　　　　　　　　（　　）

（23）"回收站"与"剪贴板"一样，是内存中的一块区域。　　　　　（　　）

（24）"任务栏"只能位于桌面底部。　　　　　　　　　　　　　　　（　　）

（25）"控制面板"是用来对 Windows Vista 本身或系统本身的设置进行控制的一个工具集。　　　　　　　　　　　　　　　　　　　　　　　　　　　　　（　　）

（26）在 Windows Vista 中，日期和时间往往需要经常调整，但只能通过双击控制面板窗口中的"时钟、语言和区域"图标来进行。　　　　　　　　　　　（　　）

（27）Windows Vista 中，任何时候都可以获取任何项目的帮助信息。（　　）

（28）在"开始"菜单上，单击"帮助和支持"选项，或直接按键盘上的"F1"功能键可以获取帮助信息。　　　　　　　　　　　　　　　　　　　　　　（　　）

（29）执行"文件"菜单下的"清空回收站"命令后，可以使在回收站中的全部文件恢复到系统中。　　　　　　　　　　　　　　　　　　　　　　　　（　　）

（30）在 Windows Vista 系统中进入 MS-DOS 方式就是打开了 MS-DOS 应用程序窗口。
　　　　　　　　　　　　　　　　　　　　　　　　　　　　　　　（　　）

4．简答题

（1）试描述打开"Windows 资源管理器"的两种或两种以上的方法。

（2）试描述在"Windows 资源管理器"中删除文件夹的步骤。

（3）如何移动文件或文件夹？

（4）如何恢复被删除的文件或文件夹？

5．应用题

（1）在 C 盘上创建一个名叫"MYDIR"的文件夹，并在其中创建一个名叫"Exercise"的子文件夹。

（2）将"Exercise"文件夹的名字改为"MYExercise"。

（3）将新建的"MYDIR"文件夹设为隐藏属性。

（4）删除"MYExercise 文件夹"。

（5）启动"剪贴板"程序。

（6）在 C 盘"Windows"文件夹下查找以".BMP"为扩展名的所有文件。

（7）在 C 盘"Windows"文件夹下查找建立于 2002 年 1 月至 5 月的文件。

（8）将 C 盘"Windows"文件夹中的以".TXT"为扩展名的所有文件复制到软磁盘中。

（9）展开"Windows"文件夹下的所有子文件夹。

（10）展开"Windows"文件夹下的所有子文件夹，并显示在内容窗口。

（11）显示所有隐藏文件和文件夹。

（12）试在桌面上为某文件创建快捷方式。

（13）试用不同的方法打开"显示器属性"对话框。

（14）在"显示器属性"对话框中，选择"安装程序"作为墙纸，并将它平铺在"桌面"上。

（15）为计算机设置"三维文字"的屏幕保护程序，等待时间为 5 分钟。

（16）分别启动"资源管理器"和"计算机"，将两者横向平铺在"桌面"上。

（17）将"回收站"中的所有文件都恢复到原来的位置。

（18）在"开始"菜单的"所有程序"组中添加一个"画图"的应用程序。

（19）输入并造词："中华人民共和国"。

（20）输入并造词："北京市高等职业技术学院"。

（21）以不同输入方法输入："安徽"，试比较哪种方法最好。

（22）试用不同的方法启动"控制面板"。

（23）添加"全拼输入法"。

（24）设置"全拼输入法"的词语联想功能。

（25）启动"打印机"对话框。

（26）设置打印机的打印纸张为 B5。

（27）查看当前的系统日期与时间。

（28）查看 2004 年 10 月 1 日是星期几。

（29）查看当前系统安装的所有应用程序。

（30）将"记事本"窗口的当前文档，以"A1.TXT"为名保存在 C 盘的"Windows"文件夹下。

（31）设置"画图"程序的当前背景色为红色。

（32）将"画图"程序的当前图片，以"A2.BMP"为名保存在 C 盘的"Windows"文件夹下。

第 3 章　文字处理软件 Word 2007

学习目标：

☞ 掌握 Word 2007 基础知识；

☞ 了解汉字输入方法；

☞ 掌握 Word 2007 基本编辑功能；

☞ 掌握 Word 2007 基本排版功能；

☞ 掌握 Word 2007 页面设置与文档打印功能；

☞ 掌握 Word 2007 图文混排功能；

☞ 掌握 Word 2007 表格制作功能。

内容概要

1．Word 2007 基础知识

● Word 2007 的启动与退出方法。

● 菜单栏和工具栏的使用。

● 新建 Word 2007 文档的方法。

2．汉字输入方法

（1）智能 ABC 输入法：单击屏幕右下角的"输入法标识"按纽 ，从"输入法选择"菜单中选择"智能 ABC 输入法"选项。

● 用小写字母输入汉字的拼音；

● 使用"空格"键结束。

● 若所需的字、词已经出现在当前的重码框中，直接按所需的字、词左面的数字即可。若在重码框中没有出现所需的字、词，就需要翻页查找。

（2）五笔字型输入法：根据不同的字或词有不同的输入方法。

● 键名：连击四下。

● 成字字根：字根所在键+第一码+第二码+末码。

● 两字词：每字第一、二码，共四码。

● 三字词：第一、二字第一码，第三字第一、二码，共四码。

● 四字词：每字第一码，共四码。

● 多字词：第一、二、三末字第一码，共四码。

3．Word 2007 基本编辑功能

（1）打开 Word 2007 文档。

（2）定位光标与选定文本：根据文档的需要可进行移动、复制和删除操作，查找与替换操作，以及插入符号等操作。

4．Word 2007 基本排版功能

（1）设置字符格式：包括选择字体、字形与字号，使用颜色、粗体、斜体、下画线和删除线，等等。

（2）设置段落格式：主要对文本的段落对齐、段落缩进和段落间距等进行设置。

（3）设置项目符号与编号。

5．Word 2007 文档的页面设置与打印

（1）页面格式设置：对文档所用纸型和版心文字的页边距等进行设置。

（2）分页、分节和分栏排版的方法。

（3）设置页眉和页脚的方法。

（4）插入页码的方法

（5）文档预览与打印等。

6．美化文档

（1）设置页面背景的方法。

（2）插入图片的方法。

（3）制作艺术字的方法。

（4）使用文本框的方法。

（5）设置首字下沉的方法。

（6）设置边框和底纹的方法。

7．Word 2007 表格制作功能

（1）创建表格的方法。

（2）编辑与调整表格：包括输入文本，调整行高和列宽，单元格的合并、拆分与删除等。

（3）表格数据的处理。

（4）自动套用表格格式的方法。

 ## 典型习题精解

1．填空题

（1）在 Word 2007 编辑状态下，常用工具栏中的 ▯ 按钮代表的功能是＿＿＿＿＿。

答案：

新建空白文档

（2）选定已经设置了粗体、斜体和带下画线的文本后，单击"开始"选项卡的"字体"组中的＿＿＿＿、＿＿＿＿和＿＿＿＿按钮，可以取消文本的粗体、斜体和带下画线格式。

答案：

B *I* <u>U</u>

（3）利用快捷键_____可以复制文档内容；利用快捷键_____可以粘贴文档内容。

答案：

Ctrl+C　Ctrl+V

（4）一旦设置项目符号以后，每按一次_____键，都会在下一行的行首自动添加一个项目符号，再次单击_____按钮可以结束这种状态。

答案：

Enter　Enter

（5）在 Word 2007 编辑状态下，可以利用"页面布局"选项卡的_____组_____按钮来设置每页的页边距。

答案：

页面设置　页边距

（6）要想设置文档的背景，应该使用_____选项卡_____组来设置。

答案：

页面布局　页面背景

（7）打开一个已有的文档，在修改后单击_____按钮，选择_____选项，既可以保留修改前的文档，又可以得到一个修改后的新文档。

答案：

Office　另存为

（8）要想隐藏或显示 Enter 键换行标记，可以通过开始选项卡_____组来设置。

答案：

段落

2．写出下列操作方法

（1）保存新建 Word 2007 文档的一般方法。

答案：

① 单击"快速访问工具栏"上的"保存"按钮 ，或单击窗口左上角的"Microsoft Office"按钮 ，在出现的菜单中选择"保存"命令，打开"另存为"对话框。

② 在"另存为"对话框的"保存类型"下拉列表框设置文件类型为"Word 文档"；在"文件名"文本框中输入文档名；在地址栏中设置存放文档的文件夹。

③ 单击"保存"按钮，保存 Word 2007 文档。

（2）使用"打开"对话框打开 Word 文档的一般方法。

答案：

① 在 Word 窗口中，单击"快速访问工具栏"中的"打开"图标 ，或单击窗口左上角的"Microsoft Office"按钮 ，从出现的菜单中选择"打开"命令，出现"打开"对话框。

② 在"打开"对话框中，选择要打开的文件所在的文件夹、驱动器或 Internet 位置，再从文件夹列表中找到并打开包含此文件的文件夹。

③ 双击要打开的文件，或者单击选中要打开的文件后单击"打开"按钮，都可以打开指定的文件。

（3）使用鼠标拖动法移动文本的一般方法。

答案：

如果需要在文档窗口中近距离移动文本，通常使用鼠标拖动法操作。有两种拖动鼠标的方法。

① 鼠标左键拖动法。选择要移动的文本，然后按住鼠标左键不放，移动至目的地松开鼠标即可实现移动文本的功能。

② 鼠标右键拖动法。选择要移动的文本，按住鼠标右键至目的地，然后释放鼠标，弹出对话框，选择"移动到此位置"，即可实现移动文本的功能。

（4）使用剪贴板复制文本的一般方法。

答案：

使用剪贴板复制文本一般有三种方法。

① 选择要复制的文本，单击"开始"选项卡的"剪贴板组"中的"复制"按钮，在目的地单击"粘贴"按钮，即可实现复制文本的功能。

② 选择要复制的文本，按"Ctrl+C"键进行复制，在目的地按"Ctrl+V"键进行粘贴，即可实现复制文本的功能。

③ 选择要复制的文本，按住鼠标右键至目的地，然后释放鼠标，弹出对话框，选择"复制到此位置"即可实现复制文本的功能。

（5）使用工具栏设置段落对齐方式的一般方法。

答案：

使用工具栏上的按钮设置段落对齐是最简单的处理方法，通过单击"开始"选项卡"段落"组中的"文本左对齐"按钮、"居中"按钮、"文本右对齐"按钮、"两端对齐"按钮和"分散对齐"按钮对所选定的段落进行对齐方式的设置。

（6）设置段落间距的一般方法。

答案：

段落间距就是段与段之间的距离。段落间距可以通过按 Enter 键插入空段来增加，也可以在"段落"对话框中设置。

操作步骤如下：

① 插入点移到要设置段落间距的段落中或选定要设置段落间距的段落。

② 单击"开始"选项卡的"段落"组右下角的"段落"对话框启动器按钮，出现"段落"对话框，打开"缩进与间距"选项卡。

③ 在"段前"、"段后"输入所需要的间距值。

④ 单击"确定"按钮，即可完成设置段落间距的操作。

（7）使用工具栏新建表格一般方法。

答案：

① 将插入点移到要创建表格的位置。

② 单击"插入"选项卡的"表格"组中的"表格"按钮，在出现的"表格"下拉列表的"插入表格"下，用鼠标拖拽网格到所需的行、列数，释放鼠标左键，即可完成新建表格的操作。

（8）在表格中插入列的方法。

答案：

① 将插入点移到表格的某一列中，单击"布局"选项卡的"行和列"组中的"在左侧

插入”按钮 ▦，可在此列的左侧添加一新列。

②　将插入点移到表格的某一列中，单击“布局”选项卡的“行和列”组中的“在右侧插入”按钮 ▦，可在此列的右侧添加一新列。

③　若想插入多列，需先在表格中选定若干列，单击“布局”选项卡的“行和列”组中的“在右侧插入”按钮 ▦，可在所选定列的右侧添加同样列数的新列；也可以单击“布局”选项卡的“行和列”组中的“在左侧插入”按钮 ▦，可在所选定列的左侧添加同样列数的新列。

（9）设置列宽的一般方法。

答案：

①　选择要改变列宽的所有列。

②　单击“布局”选项卡中的“属性”按钮，打开“表格属性”对话框。

③　在“列”选项卡的“指定宽度”框中输入所需要的列宽值，即可完成设置列宽的操作。

（10）合并单元格的一般方法。

答案：

合并单元格。合并单元格就是将选定的所有单元格合并成为一个单元格，可以是水平方向的合并，也可以是垂直方向的合并。

操作步骤如下：

①　选定要合并的单元格。

②　单击“布局”选项卡的“合并”组中的“合并单元格”按钮 ▦，即可完成合并单元格的操作。

（11）拆分单元格的一般方法。

答案：

拆分单元格。拆分单元格就是将选定的单元格拆分成两个或几个单元格，操作步骤如下：

①　选定要拆分的单元格。

②　单击“布局”选项卡的“合并”组中的“拆分单元格”按钮 ▦，出现“拆分单元格”对话框。

③　在“拆分单元格”对话框中指定要拆分的列数和行数。

④　单击“确定”按钮，即可完成拆分单元格的操作。

（12）设置表格边框的一般方法。

答案：

①　选择要添加边框的单元格（为整个表格添加边框时，可以不选择单元格，只把光标移到表格的某个单元格中）

②　单击“设计”选项卡“表样式”组中的“边框”下拉列表，选择“边框和底纹”命令，打开“边框和底纹”对话框，单击“边框”选项卡。

③　在“样式”列表框中选择边框的样式，在“宽度”列表框中设置边框线的粗细，在“颜色”列表框中设置边框线的颜色。

④　直接选择“预览”区域表示边框线的按钮设置表格线。

⑤　选择“确定”按钮，完成设置边框线的操作。

（13）插入剪贴画的一般方法。

答案：

①　将插入点定位到文档中需要插入剪贴画的位置。

②　单击"插入"选项卡的"插图"组中的"剪贴画"按钮 ▦，将出现"剪贴画"任务窗格。

③　在"剪贴画"任务窗格中，选择"管理剪辑…"，出现"Microsoft 剪辑管理器"窗口。

④　单击"Office 收藏集"文件夹，选择相应的剪贴画，单击"编辑"菜单的"复制"命令或工具栏中的复制按钮 ▣。

⑤　将插入点移到要插入剪贴画的位置，右击鼠标从快捷菜单中选择"粘贴"命令，则所选定的剪贴画插入到当前的位置。

（14）插入艺术字的一般方法。

答案：

①　将插入点移动到文档编辑区中需要插入艺术字的位置。

②　单击"插入"选项卡的"文本"组中的"艺术字"按钮 ◢，将出现"艺术字库"列表。

③　从"艺术字库"列表中选择一种"艺术字"的样式，将出现"编辑艺术字文字"对话框。

④　"文本"列表框中输入艺术字内容，然后使用字体、字号、字形等工具对文本进行简单设置。

⑤　单击"确定"按钮，即可生成艺术字图形对象，并自动切换到"格式"选项卡，利用其中的工具，可以对艺术字进行进一步的修饰和设置。

（15）插入页码的一般方法。

答案：

①　将插入点移到要插入页码的节中，如果文档没有分节，页码将在整个文档中插入。

②　单击"插入"选项卡的"页眉和页脚"组中的"页码"按钮，出现页码样式选项，从内置样式中选择一种合适的页码样式。

③　单击"设计"选项卡的"关闭页眉和页脚"按钮，返回文档编辑状态，完成插入页码的操作。

3．简述题

（1）试比较复制文本与移动文本的区别。

答案：

复制文本是将选定的文本复制到新位置，原来位置上的内容不变。

移动文本是将选定的文本移动到新位置，原来位置上的内容消失。

（2）试比较段落的左缩进、右缩进、首行缩进和悬挂缩进的区别。

答案：

左缩进。段落左侧的所有行均向里缩进一定的距离。

右缩进。段落右侧的所有行均向里缩进一定的距离。

首行缩进。段落首行的文字向里缩进一定的距离。

悬挂缩进。除段落的第一行不缩进外，其余各行均向里缩进一定的距离。

（3）试比较分散对齐和两端对齐的区别。

答案：

分散对齐是指把文字均匀地排列在一行。

两端对齐是指同时对齐段落的左端和右端，但是不满一行的部分不会左右对齐，这一点和分散对齐恰好相反。在默认状态下，Word 文档靠近右边界的部分不够整齐，使用两端对齐功能，可以圆满地解决这个问题。

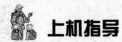 **上机指导**

实习 1　Word 2007 的基本操作 1

1．上机目的和要求

熟练掌握启动 Word 2007 的方法。

认识 Word 2007 主窗口的屏幕对象。

熟练掌握操作 Word 2007 功能区、选项卡、组和对话框的方法。

熟练掌握退出 Word 2007 的方法

2．上机内容和操作步骤

（1）选择"开始"菜单→"程序"→"Microsoft Office"→"Microsoft Office Word 2007"
命令，启动 Word 2007。

（2）认识 Word 2007 主窗口的对象。

① 认识主窗口的标题栏、快速访问工具栏、"Microsoft Office"按钮、窗口控制按钮、
功能区和任务窗格。

② 认识功能区的各个组和每组中各按钮的名称及作用。

③ 认识文档窗口、标尺、光标和窗口的滚动条。

（3）操作 Word 2007 的窗口。

① 单击主窗口的"最小化"按钮 ▬，主窗口最小化为 Windows 任务栏上的按钮
▨第3章 文字处理Wo... 。单击任务栏上的 Word 按钮，主窗口又恢复原样。

② 先单击文档窗口的"还原"按钮 ▣，再单击文档窗口的"最大化"按钮 ▢。请注意
观察文档窗口的控制图标、窗口名、控制按钮的位置变化情况。

（4）操作 Word 2007 的菜单。

选择窗口左上角的"Microsoft Office"按钮 ▨ 从出现的菜单中，选择"新建"命令；再
单击"快速访问工具栏"中的"新建空白文档"图标 ▯。请注意观察屏幕的显示信息。

（5）操作 Word 2007 的工具栏。

① 在文档窗口中任意输入一些字符。

② 单击"页面布局"选项卡的"页面设置组"中的"文字方向"按钮 ▥，出现下拉列
表，选择其中的"水平"选项。请注意观察屏幕的显示信息。

③ 再次单击"页面布局"选项卡的"页面设置组"中的"文字方向"按钮 ▥，出现下
拉列表，选择其中的"垂直"选项。请注意观察屏幕的显示信息。

（6）操作 Word 2007 的对话框。

① 单击文档窗口的"关闭"按钮 ✕，系统将打开如图 3.1 所示的对话框，询问是否保
存编辑的结果。

② 单击"否"按钮，Word 2007 将不保存文档，关闭当前编辑的文档。

（7）单击 Word 2007 主窗口的"关闭"按钮 ✕ ，退出 Word 2007。

（8）自由练习。

① 先选择"开始"菜单的"程序"命令启动 Word 2007，再选择 Word 2007 主窗口的关

闭按钮，关闭当前 Word 2007 文档。

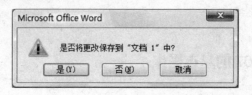

图 3.1　显示信息

② 先双击 Word 2007 的快捷方式图标启动 Word 2007，再选择窗口左上角的"Microsoft Office"按钮，出现菜单，选择"关闭"命令，关闭当前 Word 2007 文档。

③ 先使用打开 Word 文档的方法启动 Word 2007，再双击"Microsoft Office"按钮，关闭当前 Word 2007 文档。

④ 自选一种简单的方法关闭当前 Word 2007 文档。

⑤ 自由练习掌握操作 Word 2007 窗口的"Microsoft Office"按钮、功能区、任务窗格、窗口控制按钮和对话框的方法，直到熟练掌握为止。

（9）自选一种简单的方法关闭 Word 2007，结束操作。

实习 2　Word 2007 的基本操作 2

1．上机目的和要求

掌握创建 Word 2007 文档的方法。

熟练掌握输入文本的方法。

2．上机内容和操作步骤

（1）单击"快速访问工具栏"中的"新建空白文档"图标，新建一个 Word 2007 文档。

（2）输入如图 3.2 所示的内容。

Office 是 Microsoft 公司推出的在 Windows 环境下的办公软件，它包含了多个组件，可以满足用户的不同需要，主要有 Word、Excel、PowerPoint、Access、Outlook 和 FrontPage 等。本书向大家介绍其中的三个组件：Word、Excel 和 Outlook。

作为 Office 家族的元老，Word 具有非常强大的文字处理和排版功能，具有快捷的操作方式、良好的图形用户界面、"所见即所得"的显示方式，具有完善的在线帮助系统。

本章以 Word 2007 为蓝本，由浅入深地介绍 Word 文档的建立、编辑、排版，Word 中的表格的使用、图文混排和打印文档等常规操作方法。

本章将向读者介绍下列主题

1．Word 2007 基础知识

2．汉字输入方法

3．Word 2007 基本编辑功能

4．Word 2007 基本排版功能

5．Word 2007 页面设置与文档打印

6．Word 2007 图文混排功能

7．Word 2007 表格制作功能

图 3.2　输入文本 1

输入字符时，请不要随意添加空格，且只有一段结束时才按 Enter 键。如果出现输入错误，可以留待以后改正。

（3）单击"快速访问工具栏"中的"保存"按钮 ，或选择窗口左上角的"Microsoft Office"按钮 ，出现菜单，选择"保存"命令，打开"另存为"对话框。在"另存为"对话框的"保存类型"下拉列表框设置文件类型为"Word 文档"；在"文件名"文本框中输入文档名为"Exercise1"；在"保存位置"下拉列表框设置存放文档的文件夹为 C:\Student，并关闭"Exercise1.docx"文档。

（4）自由练习。

① 请再次新建一个 Word 2007 文档，输入自己感兴趣的一篇短文。

② 以"Exercise2.docx"为文件名，将文件存放在 C:\Student 文件夹中，并关闭"Exercise2.docx"文档。

5．退出 Word 2007，结束操作。

实习 3　编辑 Word 2007 文档

1．上机目的和要求

熟练掌握使用"打开"对话框打开 Word 2007 文档的方法。

熟练掌握定位光标和选择文本的方法。

熟练掌握插入与删除文本的方法。

熟练掌握复制与移动文本的方法。

熟练掌握查找与替换字符的方法。

熟练掌握撤消与恢复操作的方法。

2．上机内容和操作步骤

（1）单击"快速访问工具栏"中的"新建空白文档"图标 ，新建一个 Word 2007 文档。

（2）输入如图 3.3 所示的内容。

> 　纵观事务处理活动的发展过程，以计算机为主要事务处理工具、由现代化的通信设施为主要事务处理手段的事务处理环境，正以其日趋完善的强大功能吸引着众多的用户。
>
> 　现在，服务性机构大都能同时使用同一来源的数据事务处理，而企业求胜之道正在于他们能否充分吸收、分析、整理及应用所得资料，从而提高事务处理效率，制定出适当的策略。

图 3.3　输入文本 2

（3）以"Exercise3. docx"为文件名，将文件存放在 C:\Student 文件夹中，并关闭"Exercise3.docx"文档。

（4）退出 Word 2007，结束操作。

（5）再次启动 Word 2007。

（6）使用"打开"对话框打开 Word 2007 文档。

① 选择窗口左上角的"Microsoft Office"按钮 ，出现菜单，选择"打开"命令，打开"打开"对话框。

② 选择要打开的文件所在的文件夹、驱动器或 Internet 位置，再从文件夹列表中找到并

打开包含此文件的文件夹 C:\Student，从文件名列表中选择"Exercise3"文件。

③ 单击"打开"按钮，打开"Exercise3.docx"文件。

（7）定位光标。

① 观察文档窗口中鼠标指针和光标的形状。

② 用鼠标单击第二行的"完"字，将光标定位于该字之前。

③ 分别按各个光标键，请观察光标移动的位置。

④ 分别按 Home 键、End 键、Ctrl+Home 键、Ctrl+End 键，请观察光标移动的位置。

（8）选择文本。

① 选择第一段第一行"以计算机为主要事务处理工具"的连续文本。用鼠标单击所要选择的文本开头"以"字，按住鼠标左键不放，直接往下拖，直到所要选择文本结尾的"具"字，松开鼠标，黑底白字区域即为选定区域。在文本编辑区的任意位置单击鼠标，将取消对文本的选择。

② 选择第三行文本。将鼠标指针移到第三行文本的左边，当鼠标指针变成指向右上方的空心箭头形状时，单击鼠标，选择该行文本。

③ 选择第二段。将鼠标指针移到第二段文本的左边，当鼠标指针变成指向右上方的的空心箭头形状时，双击鼠标，选择该段落。

④ 选择全部文本。将鼠标指针移到文本编辑区的左边，当鼠标指针变成指向右上方的的空心箭头形状时，三击鼠标，可以选择全部文本。或单击"编辑"菜单→"全选"也可以选择全部文本。

（9）撤消与恢复操作。

① 移动光标到第三行第一个的"现"字之前，按 Delete 键删除该字符。

② 单击"快速访问工具栏"的"撤消"按钮 ■，撤消刚才所做的删除操作，"现"字又出现在原来的位置上。

③ 单击"快速访问工具栏"的"恢复"按钮 ■，恢复刚才撤消的删除操作，"现"字又从屏幕上消失。

（10）复制文本。把第一行的第一句话"纵观事务处理活动的发展过程，"复制到第三行的"现"字之前。

① 选中需要复制文字"纵观事务处理活动的发展过程，"。

② 单击"开始"选项卡的"剪贴板组"中的"复制"按钮 ■，把选定的内容复制到剪贴板上。将光标定位在第三行的"现"字之前，单击"开始"选项卡的"剪贴板组"中的"粘贴"按钮 ■，把剪贴板上的内容粘贴到当前光标位置。

③ 自由练习。分别使用菜单命令、鼠标拖动和快捷键三种方法完成上述复制操作。

（11）移动文本。把第一行移动到第三行之前。

① 选中第一行的文本。

② 单击"开始"选项卡的"剪贴板组"中的"剪切"按钮 ■，把选定的内容剪切到剪贴板上。将光标定位在第三行的"现"字之前，单击"开始"选项卡的"剪贴板组"中的"粘贴"按钮 ■，把剪贴板上的内容粘贴到当前光标位置。

③ 自由练习。分别使用快捷菜单命令、鼠标拖动两种方法完成上述移动操作。

（12）查找与替换字符。将文档中的"事务处理"改成"办公"。

① 单击"开始"选项卡的"编辑"组中的"替换"按钮，出现"查找和替换"对话框。

② 在"查找内容"下拉列表框中输入要替换的内容"事务处理"，在"替换为"下拉列表框中输入替换后的字符"办公"。

③ 单击"替换"按钮，请观察屏幕显示的信息。

④ 单击查找和替换对话框的"关闭"按钮 ⬛，关闭该对话框。

（13）保存编辑的结果。

（14）退出 Word 2007，结束操作。

实习 4　设置字符格式和段落格式 1

1．上机目的和要求

熟练掌握设置字符格式的方法。

熟练掌握设置段落格式的方法。

2．上机内容和操作步骤

（1）单击"快速访问工具栏"中的"新建空白文档"图标（🗋），新建一个 Word 2007 文档。

（2）输入如图 3.4 所示的内容。

岳飞

满江红

　　怒发冲冠，凭栏处、潇潇雨歇。抬望眼，仰天长啸，壮怀激烈。三十功名尘与土，八千里路云和月。莫等闲、白了少年头，空悲切。靖康耻，犹未雪；臣子恨，何时灭？驾长车踏破，贺兰山缺。壮志饥餐胡虏肉，笑谈渴饮匈奴血。待从头、收拾旧山河，朝天阙。

　　—— 摘自《宋词精选》

图 3.4　输入文本 3

（3）设置字体：第一行，黑体，第二行，楷体；正文，隶书；最后一行，宋体。

● 使用"字体"对话框设置字体：选中要设置字体的文本，单击"开始"选项卡的"字体"组右下角的"字体"对话框启动器按钮 ▣，出现"字体"对话框，打开"字体"选项卡，在"字体"选项卡中的"中文字体"列表框中选择所需要的字体。

● 使用"字体"工具设置字体：选中要设置字体的文本，单击"开始"选项卡的"字体"组中"字体"列表框 宋体 ，设置所需要的字体。

● 使用快捷菜单的方法设置字体：选中要设置字体的文本，在选中区域单击鼠标右键，弹出快捷菜单，选择"字体"命令，弹出"字体"对话框中的"字体"选项卡，进行字体的设置。

（4）设置字号：第一行，小二号；第二行，四号；正文，三号；最后一行，小四号。

● 使用"字体"对话框设置字号：选中要设置字号的文本，单击"开始"选项卡的"字体"组右下角的"字体"对话框启动器按钮 ▣，出现"字体"对话框，打开"字体"选项卡，在"字体"选项卡中的"字号"列表框中选择所需要的字号。

● 使用"字号"工具设置字号：选中要设置字号的文本，单击"开始"选项卡的"字体"组中"字号"列表框 五号 ，设置所需要的字号。

- 使用快捷菜单的方法设置字号：选中要设置字号的文本，在选中区域单击鼠标右键，弹出快捷菜单，选择"字体"命令，弹出"字体"对话框，打开"字体"选项卡，进行字号的设置。

（5）设置字形：第一行，粗体；第二行，加下画线（波浪线）。

- 使用"字体"对话框设置字形和下画线：选中要设置字形的文本，单击"开始"选项卡的"字体"组右下角的"字体"对话框启动器按钮，出现"字体"对话框，打开"字体"选项卡，在"字体"选项卡中的"字形"列表框中选择"粗体"；选中要设置下画线的文本，单击"开始"选项卡的"字体"组右下角的"字体"对话框启动器按钮，出现"字体"对话框，打开"字体"选项卡，在"字体"选项卡中的"下画线线型"列表框中选择"波浪线"。

- 使用"字形"和下画线工具设置字形和下画线：选中要设置粗体的文本，单击"开始"选项卡的"字体"组中"加粗"按钮 B，进行粗体的设置；选中要设置下画线的文本，单击"开始"选项卡的"字体"组中"下画线"列表框 U，进行下画线的设置。

- 使用快捷菜单的方法设置字形和下画线：选中要设置字形的文本，在选中区域单击鼠标右键，弹出快捷菜单，选择"字体"命令，弹出"字体"对话框，打开"字体"选项卡，进行字形的设置；选中要设置下画线的文本，在选中区域单击鼠标右键，弹出快捷菜单，选择"字体"命令，弹出"字体"对话框，打开"字体"选项卡，进行下画线的设置。

（6）设置对齐方式：第二段，居中；最后一段，右对齐。

- 利用"段落"对话框设置段落对齐方式：把光标定位在要对齐段落的任意字符上。单击"开始"选项卡的"段落"组右下角的"段落"对话框启动器按钮，出现"段落"对话框，打开"缩进和间距"选项卡。在"缩进和间距"选项卡中的"对齐方式"列表框中选择所需要的对齐方式。单击"确定"按钮，完成对齐方式的设置。

- 使用工具栏中的按钮设置对齐方式：把光标定位在第二段的任意字符上。单击"开始"选项卡"段落"组中的"居中"按钮，进行居中对齐的设置；把光标定位在最后一段的任意字符上，单击"开始"选项卡"段落"组中的"文本右对齐"按钮，进行右对齐的设置。

（7）设置段落缩进：所有段落左缩进 2.5cm，右缩进 2.5cm。

- "段落"对话框设置段落缩进：按"Ctrl+A"键，选中全部文本，单击"开始"选项卡的"段落"组右下角的"段落"对话框启动器按钮，出现"段落"对话框，打开"缩进与间距"选项卡，在"缩进和间距"选项卡中设置"左侧"缩进 2.5cm、"右侧"缩进 2.5cm，单击"确定"按钮，完成段落缩进的设置。

- 使用标尺设置段落缩进：按"Ctrl+A"键，选中全部文本。单击左缩进标记并拖动鼠标至 2.5cm 处，完成段落左缩进的设置；单击右缩进标记并拖动鼠标至 2.5cm 处，完成段落右缩进的效果。

（8）设置段间距：第一段，段前 12 磅；第二段，段前、段后各 3 磅；最后一段，段前 12 磅。

- 使用"段落"对话框中设置段间距：把光标定位在要设置段间距段落的任意字符上或选中该段文本，单击"开始"选项卡的"段落"组右下角的"段落"对话框启动器按钮，出现"段落"对话框，打开"缩进与间距"选项卡，在"段前"、"段后"框中输入所需要的间距值，单击"确定"按钮，完成段间距的设置。

（9）以"Exercise4.docx"为文件名，将文件存放在 C:\Student 文件夹中，并关闭"Exercise4.docx"文档。

（10）退出 Word 2007，结束操作。样文如图 3.5 所示

岳飞

满江红

怒发冲冠，凭栏处、潇潇雨歇。抬望眼，仰天长啸，壮怀激烈。三十功名尘与土，八千里路云和月。莫等闲、白了少年头，空悲切。靖康耻，犹未雪；臣子恨，何时灭？驾长车踏破，贺兰山缺。壮志饥餐胡虏肉，笑谈渴饮匈奴血。待从头、收拾旧山河，朝天阙。

——摘自《宋词精选》

图 3.5　字符格式和段落格式的设置 1

实习 5　设置字符格式和段落格式 2

1．上机目的和要求

熟练掌握设置字符格式的方法。

熟练掌握设置段落格式的方法。

2．上机内容和操作步骤

（1）单击"快速访问工具栏"中的"新建空白文档"图标 ，新建一个 Word 2007 文档。

（2）输入如图 3.6 所示的内容。

亦真亦幻　太虚灵境

　　虚拟现实技术是在计算机技术基础上发展起来的。确切地说，它是将计算机、传感器、图文声像等多种设置结合在一起创造出的一个虚拟的"真实世界"。在这个世界里，人们看到、听到和触摸到的，都是一个并不存在的虚幻，是现代高超的模拟技术使我们产生了"身临其境"的感觉。

　　随着计算机技术的进步，特别是多媒体技术的应用，虚拟现实技术近年来也得到了长足的发展。美国宇航局将探索火星的数据进行处理后，得到了火星的虚拟现实图像。研究人员可以看到全方位的火星表面景象：高山、平川、河流，以及纵横的沟壑里被风化的斑驳的巨石等，都显得十分清晰逼真，而且不论从哪个方向看这些图，视野中的景象都会随着你头的转动而改变，就好像真的置身于火星上漫游、探险一样。

　　虚拟现实技术为人们提供了一种理想的教学手段，目前已被广泛应用在军事教学、体育训练和医学实习中。当然要使虚拟现实图象达到以假乱真的效果也不容易，需要大量的图像、数字信息和先进的信息传输技术。

　　—— 摘自《现代科技创造梦幻世界》

图 3.6　输入文本 4

（3）仿照实习 4 进行下面的练习操作。

- 设置字体：第一行，黑体；正文第一段，楷体；最后一行，隶书。
- 设置字号：第一行，四号；最后一行，小四。
- 设置字形：第一行，粗体。
- 对齐方式：第一行，居中；最后一行，右对齐。
- 段落缩进：正文第一段，首行缩进 0.7cm；左右各缩进，1.6cm；正文第二、三段，首行缩进 0.7 厘米。
- 行（段）间距：第一行，段后 12 磅；正文第一段，行距最小为 14 磅；正文第二、三段，段前段后间距均为 3 磅。

（4）以"Exercise5. docx"为文件名，将文件存放在 C:\Student 文件夹中，并关闭"Exercise5. docx"文档。

（5）退出 Word 2007，结束操作。样文如图 3.7 所示。

亦真亦幻　太虚灵境

虚拟现实技术是在计算机技术基础上发展起来的。确切地说，它将计算机、

传感器、图文声像等多种设置结合在一起创造出的一个虚拟的"真实世界"。在这

个世界里，人们看到、听到和触摸到的，都是一个并不存在的虚幻，是现代高超

的模拟技术使我们产生了"身临其境"的感觉。

　　使着计算机技术的进步，特别是多媒体技术的应用，虚拟现实技术近年也得到了长足的发展。美国宇航局将探索火星的数据进行处理后，得到了火星的虚拟现实图像。研究人员可以看到全方位的火星表面景象：高山、河川、河流，以及纵横的沟壑里被风化的斑驳的巨石等，都显得十分清晰逼真，而且不论从哪个方向看这些图，视野中的景象都会随着你头的转动而改变，就好像真的置身于火星上漫游、探险一样。

　　虚拟现实技术为人们提供了一种理想的数学手段，目前已被广泛应用在军事数学、体育训练和医学实习中。当然要使虚拟现实国象达到以假乱真的效果也不容易，需要大量的图像、数学信息和先进的信息传输技术。

——摘自 《现代科技创造梦幻世界》

图 3.7　字符格式和段落格式的设置 2

实习 6　美化文档 1

1．上机目的和要求

熟练掌握设置页面格式。

熟练掌握设置艺术字。

熟练掌握设置分栏格式。

熟练掌握设置边框（底纹）。

熟练掌握插入图片。

熟练掌握设置脚注（尾注/批注）。

熟练掌握设置页眉/页码。

2．上机内容和操作步骤

（1）单击"快速访问工具栏"中的"新建空白文档"图标 ，新建一个 Word 2007 文档。

（2）输入如图 3.8 所示的内容。

绿色旋律

——树叶音乐

树叶，是大自然赋予人类的天然绿色乐器。吹树叶的音乐形式，在我国有悠久的历史。早在一千多年前，唐代杜佑的《通典》中就有"衔叶而啸，其声清震"的记载；大诗人白居易也有诗云："苏家小女旧知名，杨柳风前别有情，剥条盘作银环样，卷叶吹为玉笛声"，可见那时候树叶音乐就已相当流行。

树叶这种最简单的乐器，通过各种技巧，可以吹出节奏明快、情绪欢乐的曲调，也可吹出清亮悠扬、深情婉转的歌曲。它的音色柔美细腻，好似人声的歌唱，那变化多端的动听旋律，使人心旷神怡，富有独特情趣。

吹树叶一般采用橘树、枫树、冬青或杨树的叶子，以不老不嫩为佳。太嫩的叶子软，不易发音；老的叶子硬，音色不柔美。叶片也不应过大或过小，要保持一定的湿度和韧性，太干易折，太湿易烂。它的演奏，是靠运用适当的气流吹动叶片，使之振动发音的。叶子是簧片，口腔像个共鸣箱。吹奏时，将叶片夹在唇间，用气吹动叶片的下半部，使其颤动，以气息的控制和口形的变化来掌握音准和音色，能吹出两个八度音程。

用树叶伴奏的抒情歌曲，于淳朴自然中透着清新之气，意境优美，别有风情。

图 3.8   输入文本 5

（3）设置页面：设置文本页面，页边距为上下各 2.8cm、左右各 3.3cm；纸张大小为宽度 20cm、高度 29cm；其他设置不作改动。

- 单击"页面布局"选项卡的"页面设置"组中的"纸张大小"按钮 ▢，在出现的纸型选项中单击"其他页面大小"选项，出现"页面设置"对话框。
- 打开"纸张"选项卡，在"纸张大小"列表框中选择"自定义纸张大小"，在"宽度"文本框中输入 20cm、在"高度"文本框中输入 29cm。
- 打开"页边距"选项卡，在"页边距"选项卡中进行"上"、"下"、"左"、"右"页边距尺寸以及其它选项的设置。
- 单击"确定"按钮，完成设置页面的操作。

（4）设置艺术字：标题"绿色旋律"，字体，楷体。

- 单击"插入"选项卡的"文本"组中的"艺术字"按钮 ◢，将出现"艺术字库"列表。
- 从"艺术字库"列表中选择一种"艺术字"的样式，将出现"编辑艺术字文字"对话框。
- "文本"列表框中输入艺术字内容"绿色旋律"，并设置"字体"为"楷体"。
- 单击"确定"按钮，完成插入艺术字的操作。

（5）设置分栏格式：第 1～3 段设置为 2 栏格式，加分隔线，其中第一栏栏宽为 3.5cm。

- 选定第 1～3 段的文本。
- 单击"页面布局"选项卡的"页面设置"组中的"分栏"按钮 ▤，从出现的分栏列表中选择"更多分栏"选项，弹出"分栏"对话框。
- 在对话框中设置"列数"为 2，第一栏栏宽为 3.5cm，选中"分隔线"选项。
- 单击"确定"按钮，即可完成分栏的操作。

（6）设置边框（底纹）：最后一段设置为密度 25％底纹，加 3/4 磅方框边框。

- 选定最后一段文本。
- 单击"页面布局"选项卡的"页面背景"组中的"页面边框"按钮 ，出现"边框和底纹"对话框，打开"边框"选项卡。
- 进行相应的设置。
- 单击"确定"按钮，完成设置边框的操作。

（7）插入图片：在合适的位置插入图片"树木.wmf"。

- 将插入点移到要插入剪贴画的位置。
- 单击"插入"选项卡的"插图"组中的"剪贴画"按钮 ，将出现"剪贴画"任务窗格。
- 在"剪贴画"任务窗格中，选择"管理剪辑…"，出现"Microsoft 剪辑管理器"窗口。
- 选择相应的剪贴画"树木.wmf"，单击"编辑"菜单的"复制"命令或工具栏中的复制按钮 。
- 将插入点移到要插入剪贴画的位置，右击鼠标从快捷菜单中选择"粘贴"命令，则所选定的剪贴画插入到当前的位置。

（8）设置脚注（尾注/批注）：设置第 1 段中的"《通典》"添加批注："本书记载了历代典章制度的沿革。"

- 选定要设置批注的"《通典》"文本。
- 单击"审阅"选项卡的"批注"组中的"新建批注"按钮 ，输入添加批注的内容"本书记载了历代典章制度的沿革。"
- 完成设置批注的操作。

（9）设置页眉/页码：添加页眉文字"自然与音乐"，插入页码。

- 单击"插入"选项卡的"页眉和页脚"组中的"页眉"按钮 ，出现页眉样式选项，既可以从内置样式中选择一种合适的页眉样式，也可以选择空白页眉将其插入到页面中。
- 插入页眉后，将自动切换到页眉和页脚编辑状态，在页眉区单击鼠标使插入点置于页眉区中，输入页眉文字"自然与音乐"。
- 单击"设计"选项卡中的"转至页脚"按钮 ，使插入点移动到页脚编辑区。
- 单击"设计"选项卡的"页眉和页脚"组中的"页脚"按钮，从出现的页脚样式列表中选择一种合适的页脚样式。
- 在页脚区插入页码。
- 单击"设计"选项卡的"关闭页眉和页脚"按钮 ，返回文档编辑状态。

（10）以"Exercise6.docx"为文件名，将文件存放在 C:\Student 文件夹中，并关闭"Exercise6. docx"文档。

（11）退出 Word 2007，结束操作，样文如图 3.9 所示。

图 3.9　美化文档 1

实习 7　美化文档 2

1．上机目的和要求

熟练掌握设置页面格式。

熟练掌握设置艺术字。

熟练掌握设置分栏格式。

熟练掌握设置边框（底纹）。

熟练掌握插入图片。

熟练掌握设置脚注（尾注/批注）。

熟练掌握设置页眉/页码。

2．上机内容和操作步骤

● 单击"快速访问工具栏"中的"新建空白文档"图标，新建一个 Word 2007 文档。

● 输入如图 3.10 所示的内容。

鸟类的飞行

任何两种鸟的飞行方式都不可能完全相同，变化的形式千差万别，但大多可分为两类。横渡太平洋的船舶一连好几天总会有几只较小的信天翁伴随其左右，它们可以跟着船飞行一个小时而不动一下翅膀，或者只是偶尔抖动一下。沿船舷上升的气流以及与顺着船只航行方向流动的气流产生的足够浮力和前进力，托住信天翁的巨大翅膀使之飞翔。

信天翁是鸟类中滑翔之王，善于驾驭空气以达到目的，但若遇到逆风则无能为力了。在与其相对的鸟类中，野鸭是佼佼者。野鸭与人类自专用来"征服"天空的发动机有点相似。野鸭及与之相似的鸽子，其躯体的大部分均长着坚如钢铁的肌肉，它们依靠肌肉的巨大力量挥动短小的翅，迎着大风长距离飞行，直到筋疲力竭。它们中较低级的同类，例如鹧鸪，也有相仿的顶风飞翔的冲力，但不能持久。如果海风迫使鹧鸪作长途飞行的话，你可以从地上拣到因耗尽精力而堕落地面的鹧鸪。

燕子在很大程度上则兼具这两类鸟的全部优点。它既不易感到疲倦也不自夸其飞翔力，但是能大显身手，往返于北方老巢飞行 6000 英里，一路上喂养刚会飞的雏燕，轻捷穿行于空中。即使遇上顶风气流，似乎也能助上一臂之力，飞越而过，御风而驰。

图 3.10　输入文本 6

3. 仿照实习6进行下面的练习操作。

- 设置页面：设置文本页面，页边距，上2.8cm、下3.2cm、左3.4cm、右3.1cm；页眉，1.8cm，页脚，2.2cm，纸张大小，自定义大小，宽度20.8cm、高度29cm；其他设置不作改动。
- 设置艺术字：标题"鸟类的飞行"设置为艺术字，文本形状，内凹（上端）；字体，楷体，阴影3，居左。
- 设置栏格式：第2段文本设置为2栏格式，加分隔线。
- 设置边框（底纹）：第一段设置密度12.5%的底纹。
- 插入图片：打开"tu5-9. docx"，复制图片，并粘贴到文档中。
- 设置脚注（尾注/批注）：设置第1段第5行"信天翁"为下画线，添加尾注"信天翁：大型海鸟，分布于北太平洋。"
- 设置页眉/页码：添加页眉文字"画苑撷英"，插入页码。

4. 以"Exercise7. docx"为文件名，将文件存放在C:\Student文件夹中，并关闭"Exercise7. docx"文档。

5. 退出Word 2007，结束操作。样文如图3.11所示。

图3.11　美化文档2

实习8　表格操作1

1. 上机目的和要求

掌握创建表格和编辑表格的基本方法；

掌握设计表格格式的常用方法；

掌握表格图形化的方法。

2. 上机内容和操作步骤

（1）将光标定位在要创建表格的位置，单击"插入"选项卡的"表格"组中的"表格"按钮 ▦ ，在出现的"表格"下拉列表中选择"插入表格"命令，出现"插入表格"对话框。

（2）插入如图 3.12 所示的表格。

应 聘 登 记 表

姓名	性别	出生年月	婚姻状况
文化程度	专业	英语水平	
学习工作经历			
起始日期	终止日期	所在单位	从事何种工作
有何要求			
业务专长			
通讯地址			
联系电话		邮政编码	

图 3.12　表格的结构 1

（3）行（列）交换：将"有何要求"与"业务专长"进行交换。

单击选定"有何要求"一行，将光标置于选定行左端上侧，单击、拖动至"业务专长"一行。

（4）插入（删除）行（列）：根据样文插入或删除空行。

● 选定一行，单击"布局"选项卡的"行和列"组中的"在上方插入"按钮 ▦ ，可在此行的上方添加一新行。

● 选定一行，单击"布局"选项卡的"行和列"组中的"删除"按钮 ▨ ，出现"删除"下拉列表，选择"删除行"选项，则删除所选定的行。

（5）合并单元格：根据样文对表格中相应单元格进行必要的拆分和合并。

选定单元格，单击"布局"选项卡的"合并"组中的"合并单元格"按钮 ▤ ，即可完成合并单元格的操作。

（6）设置边框：按照样文格式为表格添加边框线。

单击"设计"选项卡的"绘图边框"组右下角的对话框启动器按钮 ▨ ，出现"边框和底纹"对话框，打开"边框"选项卡，按照需要进行边框线的设置。

（7）新建表格：在该表格之后，新建一个 3×4 的表格。

将插入点移到要创建表格的位置，单击"插入"选项卡的"表格"组中的"表格"按钮 ▦ ，在出现的"表格"下拉列表的"插入表格"下，用鼠标拖拽网格到所需的行、列数（3 行 4 列），释放鼠标左键，即可创建一个 3 行 4 列的表格。

（8）画斜线：在新建表格左上角单元格中画斜线。

单击"设计"选项卡的"绘图边框"组中的"绘制表格"按钮 ▨ ，将鼠标移至表格的第一行第一列单元格的左上角处，单击并拖至单元格的右下角处。

（9）以"Exercise8. docx"为文件名，将文件存放在 C:\Student 文件夹中，并关闭"Exercise8. docx"文档。

（8）退出 Word 2007，结束操作。样文如图 3.13 所示

应· 聘· 登· 记· 表

姓名		性别		出生年月		婚姻状况	
文化程度		专业				英语水平	
学习工作经历							
起始日期	终止日期	所在单位		从事何种工作			
业务专长							
有何要求							
通讯地址							
联系电话				邮政编码			

注：表格中的边框和内边框的双线使用"边框"中网络进行设置

图 3.13　表格制作样文 1

实习 9　表格操作 2

1．上机目的和要求

掌握创建表格和编辑表格的基本方法；
掌握设计表格格式的常用方法；
掌握表格图形化的方法。

2．上机内容和操作步骤

（1）将光标定位在要创建表格的位置，单击"表格"菜单→"插入表格"子菜单→"表格"命令，出现"插入表格"对话框。

（2）插入如图 3.14 所示的表格。

意义	版式效果	
输入	竖排	横排
PY	向下伸展	向右伸展
PZ	向上伸展	向左伸展
BP	通栏高	通栏宽

图 3.14　插入表格

（3）仿照实习 8 进行下面的练习操作。

● 行列交换：将"PY"行与"PZ"行进行行交换。

● 插入行：在第三行之前插入新行，并在其中输入相应的文字。

● 合并单元格：合并必要的单元格。

● 设置行高列宽及文本对齐方式：根据样文设置文本的格式和对齐方式，调整行高和列宽。

- 边框：为表格添加相应的边框线。
- 画斜线：在表格左上方相应位置画斜线。
- 新建表格：在该表格之后，新建一个 2×2 的表格。

（4）以"Exercise9.docx"为文件名，将文件存放在 C:\Student 文件夹中，并关闭"Exercise9.docx"文档。

（5）退出 Word 2007，结束操作。样文如图 3.15 所示。

意义 输入	版式效果	
	竖排	横排
缺省	上下伸展	两端伸展
PZ	向上伸展	向左伸展
PY	向下伸展	向右伸展
BP	通栏高	通栏宽

图 3.15　表格制作样文 2

（6）自由练习：设计如图 3.16 所提供的样文表格

年 度 工 作 计 划 统 筹 图

月份	完成时间	1	2	3	4	5	6	7	8	9	10	11	12	负责人
A	工作 2						→————————→							王朋
	工作 1					→——————————————→								李明
项	工作 3	←————————————————→												赵昌
目	工作 4	←——————————————————————→												张晶
	工作 5	←————————→												刘月
B	工作 1	→———→												陈飞
项	工作 2	→——————————————→												周翔
目	工作 3										→———→			吴起

图 3.16　表格制作样文 3

（7）以"Exercise10.docx"为文件名，将文件存放在 C:\Student 文件夹中，并关闭"Exercise10.docx"文档。退出 Word 2007，结束操作。

综合练习题 3

1. 填空题

（1）打开一个已有的文档，修改后执行_____命令，既可以保留修改前的文档，又可以得到一个修改后的新文档。

（2）要想设置文档的背景，应该使用_____视图方式。

（3）要想隐藏或显示回车符标记，可以通过_____来设置。

（4）当窗口中有两个标尺时，说明当前 Word 2007 一定是在_____视图方式中。

（5）利用绘图工具条画一个圆，只有在_____和_____视图方式下，才能显示此图形。

（6）利用快捷键_____可以复制文档内容；利用快捷键_____可以粘贴文档内容。

（7）如果要把当前的"改写"输入方式改变成"插入"方式，应该_____或_____。

（8）"插入"输入字符方式的特点是，插入点_____侧的字符向_____侧移动。

（9）字符是 Word 2007 文档的基本内容，字符包括_____、_____和_____。

（10）一旦设置项目符号以后，每按一次_____键，都会在下一行的行首自动添加一个项目符号，再次单击_____按钮可以结束这种状态。

（11）Word 2007 中的常规字体设置包括_____、_____、_____、_____和_____。

（12）在 Word 2007 中，有_____种字体类型，其中可缩放字体类型是_____。

（13）选定已经设置了粗体、斜体和带下画线的字符后，单击_____上的_____、_____和_____按钮，可以取消字符的粗体、斜体和带下画线格式。

（14）设置 Word 2007 段落格式的最基本内容包括_____、_____、_____和_____。

（15）段落缩进的单位是厘米（cm），段前和段后间距的单位是_____，行间距的单位是_____。

（16）"多倍行距"的最大行数是_____，"最小值"行间距的最小值是_____。

（17）Word 2007 默认的行间距是_____。

（18）文档共 10 页，奇偶页不同，一共需要设置_____次页码。

（19）要把一个段落划分为 4 栏，应该插入_____个分节符。

（20）利用"直线"工具可以画横线、竖线和_____，每当画直线，一定要关注鼠标指针的形状。如果鼠标对准直线的中间部分，指针将变成_____形状，这时拖动鼠标，能够使整个直线发生位移。

（21）利用"绘图"工具的"箭头"工具可以绘制带箭头的直线，绘制带箭头直线时，箭头的方向总是朝着_____方向，换句话说，箭头的方向总是指向鼠标_____的方向。

（22）在设置图像四周文字的环绕方式时，"四周型"可以强行挤开一些文字，使它们环绕在图形的周围；"紧密型"使图形与文字关系融洽，适合于_____和_____等图形。

（23）Word 2007 具有旋转和翻转图形的功能，其中，"逆时针旋转 90 度"可以使图形向_____旋转 90°；"顺时针旋转 90°"可以使图形向_____旋转 90°；"水平翻转"可以使图形沿着纵轴翻转_____度；"垂直翻转"可以使图形沿着横轴翻转_____度。

（24）图片与图形的明显差别有两点，一是_____，二是_____。

（25）表格中行和列相交的格称为_____，在单元格中既可以输入文本，也可已插入图形，还可以插入_____。

（26）当鼠标光标是"Ⅰ"字形时，选定一个空单元格应该_____击鼠标。

2．单项选择题

（1）打开一个 Word 2007 文档通常是指_____。

    A．为指定文档文件打开一个空的文档窗口

    B．把文档的内容从内存中读出并显示

    C．把文档内容从磁盘中调入内存并显示

    D．显示并打印指定的文档

（2）单击"Microsoft Office"按钮 ，出现"最近使用的文档"列表中显示的文件名是_____。

    A．Word 2007 当前打开的所有文档的文件名

B．最近打开过和正在打开的文件名

C．部分打开过和当前打开的文件名

D．正在被打印的文档文件名

（3）Word 2007 窗口标题条上的文字是_____的名字。

A．Word 2007 软件　　B．文档文件　　　C．软件公司　　　D．A 和 B

（4）屏幕更新速度快并且被称为默认方式的视图方式是_____。

A．页面　　　　　　　B．大纲　　　　　C．普通　　　　　D．主控文档

（5）上翻一页按钮和下翻一页按钮被设置在_____上。

A．页眉和页脚　　　　B．菜单条　　　　C．滚动条　　　　D．标题条

（6）打开的全部 Word 2007 文档文件名显示在_____。

A．单击"Microsoft Office"按钮 ，出现"最近使用的文档"列表中

B．标题条上

C．"窗口"底部

D．状态栏上

（7）当"剪切"和"复制"命令项呈浅灰色时，意味着_____。

A．选定的文档内容太长，剪贴板放不下

B．剪贴板里已经有信息了

C．在文档中没有选定任何信息

D．选定的内容是页眉或页脚

（8）在下列操作中，执行_____不能选取全部文档。

A．按 Ctrl+A 组合键

B．将光标移到左页边距，当光标变为左倾空心箭头时，按住 Ctrl 键，单击文档

C．将光标移到左页边距，当光标变为左倾空心箭头时，连续三击文档

D．将光标移到左页边距，当光标变为左倾空心箭头时，双击文档

（9）按住 Shift 键可以选定的对象是_____。

A．图片　　　　　　　　　　　　B．相邻的多行文字

C．断续多行的文字　　　　　　　D．两个窗口中的文字

（10）在下列操作中，执行_____不能在 Word 2007 文档中插入图片

A．执行"插入"选项卡的"插图"组中"图片"命令

B．使用剪贴板粘贴其他文件的部分图形或全部图形

C．"开始"选项卡的"剪贴板"组中"剪贴画"命令

D．使用"插入"选项卡的"文本"组中"对象"命令

（11）双击文档中的图片，产生的效果是_____。

A．弹出快捷菜单　　　　　　　　B．选中该图形

C．将该图形加文本框　　　　　　D．进入图形编辑状态，并选中该图形

（12）用 Del 键删除"保护环境"的"环境"二字时，光标应该定位在_____。

A．"环境"的左侧　　　　　　　　B．"环境"的右侧

C．"环境"的中间　　　　　　　　D．无要求

（13）用退格键删除"发现病毒"后，单击一次"撤销"按钮，将恢复_____。

A．"发现病毒"四个字　　　　　　B．"发"字

C．"病毒"两个字　　　　　　　　D．"毒"字

（14）复制对象后，信息被保留到_____，可以被粘贴_____次。

    A. 硬盘，无数　　　B. 文件，一次　　C. 内存，一次　　D. 剪贴板，无数

（15）若一次把 8 个"图片"单词都替换成"图片信息"，应该选择_____。

    A. 从键盘输入　　　B. 鼠标拖动　　C. 从剪贴板粘贴　D. "替换"菜单

（16）如果要把 Word 2007 文档中的对象，复制到"画图"窗口中，使用_____操作不方便。

    A. "复制"和"粘贴来源"命令

    B. 拖放式

    C. 工具栏上的"复制"和"粘贴"按钮

    D. 快捷键

（17）不能删除光标右侧的一个字符的操作是_____。

    A. 在"改写"状态下按空格键　　　B. 在"插入"状态下按空格键

    C. 在"改写"状态下按 Del 键　　　D. 在"插入"状态下按 Del 键

（18）下面哪些方法不能准确选定一个句子_____。

    A. 按住 Ctrl 键再单击句子　　　B. 从句首拖动鼠标到句尾

    C. 利用 Shift 键和光标键　　　　D. 双击该句子

（19）下列关于制表符的描述中，_____是错误的。

    A. 按 TAB 键，光标移动到下一个制表位

    B. 制表位符号出现在状态栏上

    C. 单击标尺左端的制表符按钮可以改变其类型

    D. 在 Word 2007 中有五种制表位

（20）只打印 Word 2007 文档中图片，应该选择打印的页面范围是_____。

    A. 全部　　　　　B. 选定的内容　　C. 当前页　　　D. 1-1 页

（21）把光标放在"小雨"二字之间，再设定字号为小二号，可以改变_____的字号。

    A. "小"字　　　　B. "雨"字　　　C. 新输入的字符　D. "小雨"二字

（22）选定带下画线的粗体字符后，单击三次工具栏上的按钮 **U**，可以_____字符的格式。

    A. 设定，粗体　　B. 取消，粗体　　C. 设定，下画线　D. 取消，下画线

（23）在编辑文档中，不宜用按回车键增加空行的办法来加大段落间距，而应当使用

"_____"对话框的"_____"选项卡来设置。

    A. 段落，体裁　　　　　　　　B. 段落，缩进和间距

    C. 格式，字符间距　　　　　　D. 格式，字体

（24）设置某段为居中对齐，首先应该通过_____来选定该段落。

    A. 双击该段落　　　　　　　　B. 三击该段落

    C. 光标放在该段落中　　　　　D. 选定全文

（25）设置段落为首行缩进时，可以操作的窗口部件是_____。

    A. "菜单"命令　　　　　　　　B. "标尺"和"菜单"命令

    C. "工具栏"　　　　　　　　　D. "标尺"

（26）采取_____做法，不能增加标题与正文之间的段间距。

    A. 增加标题的段前间距　　　　B. 增加第一段的段前间距

    C. 增加标题的段后间距　　　　D. 增加标题和第一段的行间距

（27）在某行的上面增加一空行，应该执行的正确操作是_____。

  A．在行头按回车   B．按"Ctrl+A"键

  C．在行尾按回车键   D．利用"格式"菜单

（28）对齐方式影响的范围是_____。

  A．一个段落   B．一行   C．选定的所有段落   D．整个页面

（29）Word 2007 文档的分页有自动分页和人工分页，不能实现分页操作的是_____。

  A．利用"插入"选项卡"页"组中的"分页"按钮

  B．按快捷键 Ctrl+Enter

  C．增加行间距或空行

  D．利用"插入"选项卡"页眉和页脚"组中的"页码"按钮

（30）页码是作为页眉和页脚的一部分插入到文档中的。通过选择_____的_____选项，既可以设置页码在页面上的位置，又可以设置页码的对齐方式。

  A．"页眉和页脚"工具栏，"页码"

  B．"页面设置"对话框，"版面"

  C．"插入"菜单，"页码"

  D．"插入"菜单，"域"

（31）单击_____按钮，将弹出"页码格式"对话框，用户可以设置_____和数字格式。

  A．"确定"，起始页码   B．"格式"，起始页码

  C．"取消"，页码位置   D．"格式"，页码对齐方式

（32）纸宽为 20.5cm，左页边距为 3cm，右页边距为 3.5cm，行宽等于_____。

  A．14.5cm   B．17.5cm   C．14cm   D．20.5cm

（33）文档共 10 页，奇偶页不同，共应该输入_____次页眉内容。

  A．10 次   B．2 次   C．5 次   D．1 次

（34）执行_____的操作不可以上下翻页。

  A．单击"滚动条"单箭头   B．按 Page Up 键

  C．单击"滚动条"双箭头   D．按 Home 键

（35）下面说法正确的是_____。

  A．图片不能拆分   B．图形不能拆分

  C．图片能够组合   D．图形不能组合

（36）设置首字下沉格式可以使段落的第一个字符下沉，首字最多可以下沉_____行。

  A．3   B．5   C．8   D．10

（37）插入在文档中的数学公式和艺术字各以_____方式出现。

  A．图片和图片   B．图形和图形   C．字符和字符   D．字符和图形

（38）_____的操作不能在 Word 2007 文档中建立表格。

  A．单击"插入"选项卡"表格"组中的"表格"按钮

  B．使用鼠标在水平滚动条上设置制表位

  C．使用"插入表格"对话框

  D．利用剪贴板粘贴被复制的表格

（39）在单元格中不能够插入_____。

  A．制表位   B．符号   C．分页符   D．图片

（40）Word 2007 文档中的表格虚线_____。

    A．可以打印　　　　　　　　　　B．不可以在普通视图模式下显示

    C．可以移动　　　　　　　　　　D．不能复制

（41）按_____键不能把光标移动到另一个单元格。

    A．右光标　　　　B．Tab　　　　　C．Shift+Tab　　　　　D．Enter

（42）鼠标指针呈现_____光标时可以定义一列，呈现_____光标时可以改变列宽。

    A．空心，横向双向箭头　　　　　B．空心，纵向双向箭头

    C．实心，纵向双向箭头　　　　　D．实心，横向双向箭头

（43）下面方法中不能改变行高的是_____。

    A．按回车键　　　　　　　　　　B．改变字号

    C．拖动竖向标尺间隔条　　　　　D．拖动垂直表格线

（44）合并单元格的含义是_____。

    A．把任意位置的单元格合并　　　B．把某一行相邻单元格合并

    C．只能合并两个单元格　　　　　D．可以合并同一列的单元格

（45）将光标定位在表格的_____按_____键，可以在表格的底端新增一表格行。

    A．最后一行，Enter　　　　　　　B．最后一行，Tab

    C．最后一个单元格，Enter　　　　D．最后一个单元格，Tab

（46）将光标定位在表格的_____按_____键，只可以在表格的上方新增一空行。

    A．第一个单元格，Enter　　　　　B．第一行，Enter

    C．第一个单元格，Shift+Tab　　　D．第一行，Shift+Tab

（47）用户可以利用"布局"选项卡"数据"组中的"排序"命令对表格中的数据按_____进行排序。

    A．列　　　　　　B．行　　　　　C．标题　　　　　D．单元格

（48）单元格中的数据必须在_____下输入，才能被正确运算。

    A．半角方式　　　B．全角方式　　　C．英文方式　　　　D．中文方式

（49）在 Word 2007 窗口中执行打印任务后，下列描述中正确的是_____。

    A．打印完毕，才能切换到其他窗口

    B．打印时，可以切换窗口

    C．当前打印未结束，不能再执行打印命令

    D．打印结束前，不能关闭文档窗口

（50）下面方法中不能进行打印的是_____。

    A．执行"打印"命令

    B．单击"打印预览"窗口的"打印"

    C．单击"快速访问工具栏"中的"快速打印"按钮

    D．单击"打印"对话框"查找打印机"按钮

（51）利用"打印"以话框，不可以设置_____和_____。

    A．打印页数，打印范围

    B．单色打印，彩色打印

    C．后台打印，草稿输出

    D．纸张大小，文字的字体

3．判断题

（1）Word 2007 的撤消功能只能撤消最后一次操作。 （ ）

（2）使用"页面布局"选项卡"页面设置"组中的按钮可以设置行间距。 （ ）

（3）Word 2007 默认的段落对齐方式是左对齐。 （ ）

（4）段落的左缩进、右缩进和首行缩进可以同时使用。 （ ）

（5）可以将新建的表格插入到当前光标处。 （ ）

（6）选定表格的行后，选择"布局"选项卡"行和列"组中的"删除"按钮与按 Delete 键等效。 （ ）

（7）合并单元格既要去掉单元格之间的表格线，也要删除单元格中的数据。 （ ）

（8）在 Word 2007 中，预览的效果和打印出的文档效果相匹配。 （ ）

（9）在 Word 2007 中，打印文档时，可以按组合键 Alt+P。 （ ）

（10）在 Word 2007 的"另存为"对话框中，可以使用"列表"、"详细资料"和"属性" 3 种显示模式来显示文档列表框中的文件夹及文件。 （ ）

（11）在 Word 2007 的"打印"对话框中，"页码范围"可以用"1;5;7-16"方法设定。（ ）

（12）在 Word 2007 中，如果保存的是一个新文档，单击窗口左上角的"Microsoft Office" 按钮中的"保存"命令选项和"另存为"命令选项具有同等功能。 （ ）

（13）选定带下画线的粗体字符后，单击三次"格式"工具栏上的按钮 **U**，可以取消下 画线字符的格式。 （ ）

（14）在编辑文档中，不宜用按回车键增加空行的办法来加大段落间距，而应当使用段 落，缩进和间距对话框的选项卡来设置。 （ ）

（15）在单元格中不能够插入符号。 （ ）

（16）页码是作为页眉和页脚的一部分插入到文档中的。通过选择"页面设置"对话框 中的"版式"_____选项，既可以设置页码在页面上的位置，又可以设置页码的对齐方式。
（ ）

（17）文档共 10 页，奇偶页不同，共应该输入 5 次页眉内容。 （ ）

（18）执行单击"滚动条"单箭头的操作不可以上下翻页。 （ ）

（19）设置首字下沉格式可以使段落的第一个字符下沉，首字最多可以下沉 3 行。（ ）

（20）合并单元格的含义是只能合并两个单元格。 （ ）

4．简答题

（1）观察 Word 2007 窗口状态栏上信息的变化，分别说明状态栏上第一部分和第二部分 信息点所显示的信息内容是什么？比如，"35 行"表示当前光标点在页面的第 35 行处。

（2）简述在不同情况下，Word 2007 窗口标题栏上变化的信息内容是什么。比如，在文 件名"练习题.docx"后面显示"只读"或"恢复"的含义是什么？

（3）有多种换行的途径，其中按回车键是换行的一种常用方法。试找出其他几种换行的 方法，并说明按回车键产生换行和其他方法的本质区别。

（4）剪贴板实质是什么东西？剪贴板具有哪些特性？

（5）在 Word 2007 应用程序窗口和文档窗口中，鼠标指针有哪些变形，各自代表什么？

（6）特殊字符格式包括哪几项内容？这些格式共同依赖的一种基本字符格式是什么？

（7）放大字符的字号和增加字符的缩放比例有什么区别？缩放字符格式适用于设置哪些

文档内容的格式？

（8）设置段落格式时，针对不同选定范围格式内容，有几种选定对象的方法？设定某一段首行缩进时，如何选定对象才是比较恰当的做法？

（9）使一个5行半的段落居中对齐后，产生明显对齐效果的是哪一行？为什么？

（10）如果要编排一本书，要求奇偶页的页码和页眉内容不同，如何设置相关的内容？

（11）有两种分栏的方式：一种是选定被分栏的内容，然后，在"分栏"对话框中设置分栏参数；另一种分栏的方法是，分栏先分节。简要说明，两种分栏方式的优缺点是什么？

（12）针对文档中的图形进行操作时，一定要关注鼠标指针的变形，才能使操作正确快速。通过实验说明，鼠标指针有哪些变形？各自代表什么？

（13）文本框是实施图文混排的主要工具，简要说明文本框的四个基本性质。

5. 应用题

（1）新建一个 Word 2007 文档文件，输入"我的第一次 Word 作业 2004.5.16"后存盘，文件存放路径为 C:\My Documents\WordFile.docx。

（2）打开文件 C:\My Documents\WordFile.docx，利用文件保存命令将该文件复制成两个新文件，它们的存放路径及名字分别是 D:\副本 1.docx 和 D:\副本 2.docx。

（3）关闭 Word 2007 应用程序窗口之后，采用一种适当的方法，在启动 Word 2007 应用程序的同时，打开 D:\副本 1.docx 和 D:\副本 2.docx 两个文档文件。

（4）新建一个文档，输入一些文字，包括标题、副标题、正文及日期四部分。然后，按照下面的要求设置文档的字符格式：设置标题为小二号字、黑体、加粗、红色；设置副标题的字符间距加宽3磅；设置正文为小四号字、楷体；设置日期行为五号字、斜体、宋体。

（5）说明改变行高和列宽的多种方法，并指出鼠标指针变形在选定表格对象过程中所起的重要作用。

（6）简单叙述表格数据排序的步骤，并说明三个排序的依据是什么，各有什么作用。

（7）新建一个文档文件，设置如下所述的页面格式。

① 设置纸张的宽度为21cm，高度为29cm，方向为纵向；设置左、右页边距各为2.8cm；设置上、下页边距各为2.8cm。

② 插入几个分节符，在第1页输入"关于开展技能比武的通知"和日期。

③ 在第2页的第一段输入"开展技能比武的细则"；在第3页输入"参赛名单"。

④ 在页眉区的左侧插入一幅图片，在页脚中插入页码，换一行再插入日期。

（8）假设在计算机中增加了一台 HP670C 彩色喷墨打印机，试安装它的启动程序。

（9）打开一个 Word 2007 文档，输入一页文字，然后，选定一部分文字内容打印，要求粗糙打印，并且允许后台打印。

第4章　电子表格软件 Excel 2007

学习目标：

☞ 掌握 Excel 2007 的基本操作；
☞ 掌握编辑工作表的方法；
☞ 掌握格式化工作表的方法；
☞ 掌握公式与函数的使用；
☞ 掌握图表的应用；
☞ 掌握数据管理方法。

 内容概要

1. Excel 2007 的基本功能与操作

● Excel 2007 的主要功能：表格制作，数据运算，数据管理，建立图表。
● Excel 2007 的启动和退出方法。
● Excel 2007 的窗口组成：标题栏、Microsoft Office 按钮、功能区、名称框与编辑栏、工作表区、滚动条、工作表标签以及状态栏等。

2. Excel 2007 的基本操作

（1）文件操作。
● 建立新工作簿：启动 Excel 2007 后，将自动产生一个新的工作簿，名称为"Book1"，让用户输入数据。
● 打开已有工作簿：如果要对已存在的工作簿进行编辑，就必须先打开该工作簿。
● 保存工作簿：直接保存工作簿；以新文件名保存工作簿；自动保存工作簿；保存工作区文件。
● 关闭工作簿。
（2）选定单元格操作。
● 选定单个单元格。
● 选定连续或不连续的单元格区域。
● 选定行或列。
● 选定所有单元格。
（3）在工作簿中选定工作表。
● 选定单个工作表。
● 选定多个工作表。

- 选定全部工作表。
- 取消工作组。

（4）输入数据。

- 输入文本和数字。
- 输入日期和时间。
- 自动填充数据。
- 自定义序列。

3．编辑工作表

（1）编辑和清除单元格的数据。

（2）移动和复制单元格。

（3）插入单元格以及行和列。

（4）删除单元格以及行和列。

（5）查找与替换操作。

（6）给单元格加批注。

（7）命名单元格。

（8）编辑工作表。

- 设定工作表的页数。
- 激活工作表。
- 插入工作表。
- 删除工作表。
- 移动工作表。
- 复制工作表。
- 重命名工作表。
- 拆分工作表与冻结。

4．格式化工作表

（1）设置字符、数字、日期以及对齐格式。

（2）调整行高和列宽。

（3）设置边框、底纹和颜色。

5．公式与函数

（1）输入公式：单击要输入公式的单元格，输入所要的公式，然后按 Enter 键。

（2）引用：分为相对引用、绝对引用和混合引用。

（3）函数：函数由函数名和参数组成，函数的一般格式为"函数名（参数）"。

- 输入函数的两种方法：一种是在单元格中直接输入函数；另一种是使用"粘贴函数"
  对话框输入函数。
- 常用函数的使用：SUM 函数的使用，MAX 函数的使用，AVERAGE 函数的使用。

6．图表创建与编辑

7. 数据管理

（1）数据排序。

- 按行升序排序。
- 按行降序排序。
- 根据多列内容进行排序。

（2）筛选数据。

- 使用自动筛选器筛选数据。
- 撤消筛选。
- 用自定义筛选数据。

（3）分类汇总：在对数据进行排序后，可根据需要进行简单分类汇总和多级分类汇总。

8. 打印工作表

完成对工作表的数据输入、编辑和格式化工作后，就可以打印出工作表了。打印输出之前需先进行页面设置，再进行打印预览，当对编辑的效果感到满意时，就可以正式打印工作表了。

 典型习题精解

1. 填空题

（1）表格中行和列相交的格称为_____，在单元格中既可以输入文本，也可以插入图形，还可以插入_____。

答案：

单元格　公式

（2）当鼠标光标是"Ⅰ"字形时，选定一个空单元格应该_____击鼠标。

答案：

连续三

（3）INT 是_____函数，COUNT 是_____函数。

答案：

取整　计数

（4）Excel 2007 中用_____来显示工作表的名称和当前工作表在工作簿中的位置。

答案：

选项卡

（5）在单元格中输入_____，系统默认为左对齐；输入_____，系统默认为右对齐；用户也可以自行设定对齐方式。

答案：

字符　数字

（6）用户选定所需的单元格或单元格区域后，在当前单元格或选定区域的右下角出现一个黑色方块，这个黑色方块叫_____。

答案：

填充柄

（7）Excel 2007 中新建的工作簿，系统默认有_____个工作表。

答案：

3

（8）若要选定区域"A1:C5"和"D3:E5"，应_____。

答案：

按鼠标左键从 A1 拖到 C5，然后按 Ctrl 键，并按鼠标左键从 D3 拖动到 E5

（9）在 Excel 2007 中，复制一个工作表的方法是选中要复制的工作表，按住_____键，拖动鼠标到复制的位置，松开鼠标即可。

答案：

Ctrl

（10）Excel 2007 单元格的引用是基于工作表的列标和行号，在进行绝对引用时，需在列标和行号前各加_____符号。

答案：

$

（11）在 Excel 2007 中，下列运算符 ^ , % , * , & , ()，优先级最高的是_____。

答案：

( )

（12）Excel 2007 编辑栏中的"√"按钮表示_____。

答案：

确认输入的数据或公式

（13）在 Excel 2007 中，选定若干不相邻单元格区域的方法是按下_____键的同时配合鼠标操作。

答案：

Ctrl

（14）在 Excel 2007 中，公式必须以_____开头。

答案：

=

2．简答题

（1）什么是工作簿？什么是工作表？两者有何区别？

答案：

工作簿是指 Excel 用来存储并处理工作数据的文件。在一个工作簿中，可以拥有多个具有不同类型的工作表。默认情况下，每个工作簿文件由 3 个工作表组成，用户可以根据需要插入新的工作表，这些工作表分别以 Sheet1、Sheet2、…、SheetX 来命名。

工作表是指由 16384 列和 1048576 行所构成的一个表格。每一列的列标由 A、B、C…X、Y、Z、AA、AB…AZ、BA、BB…IV 表示，每一行行号由 1、2、3…1048576 表示。

（2）使用工具栏上的"新建"按钮和菜单中的"新建"命令，新建一个工作簿文件有何不同？

答案：

单击窗口左上角的"Microsoft Office"按钮 ⊙ 从出现的菜单中，选择"新建"命令，屏幕上会出现"新建工作簿"对话框，而使用工具栏上的"新建"按钮新建一个工作簿文件时，屏幕上不会出现"新建"对话框，直接创建一个基于默认工作簿模板的工作簿。

（3）删除单元格和清除单元格有何区别？

答案：

清除单元格和删除单元格不同。清除单元格只是从工作表中删除了该单元格的内容，而不改变单元格的位置；删除单元格是将选定的单元格从工作表中删除，并改变了单元格的位置。

（4）怎样选择相邻与不相邻的单元格区域？

答案：

相邻单元格区域的选择：将鼠标指向需要连续选定的单元格区域第一个单元格，按住鼠标左键，拖动鼠标至最后一个单元格，同时释放鼠标左键；或者单击需要连续选定的单元格区域左上角的第一个单元格，按住 Shift 键，单击该区域右下角的最后一个单元格。

不相邻的单元格区域的选择：单击需要选定的不连续单元格区域中的任意一个单元格，按住 Ctrl 键，单击需选定的其他单元格，重复上一步，直到选定最后一个单元格。

（5）单元格引用的方式有几种？各是什么？

答案：

有三种方式。分别是相对引用、绝对引用、混合引用。

（6）如何在 Excel 2007 窗口下打开一个工作簿文件？

答案：

使用"打开"命令；单击工具栏中的"打开"按钮；按 Ctrl+O 组合键；单击窗口左上角的"Microsoft Office"按钮 ，可以从最近使用的文件清单列表中选择要打开的文件。

（7）如何确定查找和替换操作的范围？

答案：

在进行查找或替换操作之前，应该先选定一个搜索区域。如果选定一个单元格，则在当前工作表内进行搜索。如果选定一个单元格区域，则只在该区域内进行搜索。如果已选定多个工作表，则在多个工作表中进行搜索。

（8）简述进行分类汇总操作时要注意的问题。

答案：

分类汇总是一种很重要的操作，它是对数据清单上的数据进行分析的一种方法。注意，在进行自动分类汇总之前，我们必须对数据清单进行排序，数据清单的第一行里必须有列标记。

3．综合题

（1）建立一个工资簿文件，如表 4.1 所示。

表 4.1　工资表

序号	科别	姓名	职称	一月	二月	三月	四月	五月	六月	七月	八月	九月	十月	十一月	十二月	总计	平均工资
1	计算机科	王广	高级讲师	1200	1200	1300	1600	1350	1700	1600	900	1200	1780	1290	1680		
2	专基科	张红艳	讲师	1060	800	1400	1200	600	700	1500	680	1300	1400	1520	1370		
3	机电科	高小宇	讲师	890	870	1080	1020	1200	1100	1300	790	1300	1300	1500	1530		
4	专基科	李飞	助理讲师	700	560	560	720	780	760	900	630	1010	1080	1200	1200		
5	机电科	宋立国	高级讲师	1300	1340	1430	1400	1500	1560	1500	920	1600	1580	1520	1590		
6	计算机科	郭双	助理讲师	720	710	600	780	710	730	1000	610	1200	800	1080	1300		

（2）插入一个标题行并输入"工资表"。

（3）将标题"工资表"设置格式为：字体为楷体，字号为18号，合并居中。

（4）将表格中的列标题设置为：字体为楷体，字号为12号，粗体，居中，底纹为浅黄色，字体为红色。

步骤：选中"工资表"，选择"开始"选项卡"字体"组和"对齐方式"组中的按钮，进行相关的设置。

（5）将表格中数据单元格区域设置为数值格式，保留两位小数，右对齐，其他单元格内容居中。

步骤：选中单元格区域，选择"开始"选项卡"数字"组和"对齐方式"组中的按钮，进行相关的设置。

（6）设置边框线：外边框为粗线，表格内部为细线。

步骤：① 选定要添加边框的单元格区域。

② 单击"开始"选项卡"字体"组中"框线"按钮右边的向下箭头。

③ 从"框线"下拉列表中选择所需的样式。

（7）将 sheet1 工作表命名为"工资"。

步骤：选中 sheet1 工作表，用鼠标双击工作表标签，或者在该工作表标签上单击鼠标右键，从弹出的快捷菜单中选择"重命名"命令，输入新的工作表名称"工资"，然后在标签外单击或者按"Enter"键。

（8）用公式和函数计算总计和平均工资，结果分别放在相应的单元格中。

步骤：① 单击相应的单元格。

② 单击"输入函数"按钮 f_x，弹出"插入函数"对话框，在"选择函数"列表框中选择 SUM 函数，单击"确定"按钮。

③ 单击选项板中参数输入栏右边的工作表按钮 ，回到工作表。

④ 选定相应的单元格区域。

⑤ 再单击工作表参数输入栏右边的按钮 ，回到函数选项板。在选项板中单击"确定"按钮，在相应的单元格中就会显示出"王广"的工资总计。

⑥ 用复制公式的方法计算其他人的总计。

⑦ 按照类似的方法再计算"平均工资"。

（9）使用如下的工作表数据，利用"姓名"和"工资"的文字和数据（不含"总计"和"平均工资"行的文字和数据）制作某个人12个月的工资变化折线图，即创建一个三维簇状柱形图。

步骤：① 在工作表中选定要创建图表的区域。

② 单击"插入"选项卡的"图表"组右下角的对话框启动器按钮 ，出现"插入图表"对话框，选择"柱形图"中的"三维簇状柱形图"。

③ 单击"确定"按钮，完成插入图表的工作

（10）使用如下的数据清单，以"总计"为关键字，以"递减"方式排序。

步骤：③ 单击"总计"列中的任意单元格。

② 单击"开始"选项卡的"编辑"组中的"排序和筛选"按钮 右侧的向下箭头，出现"排序和筛选"下拉列表，选择其中的"降序"选项 即可。

（11）使用如下的数据清单，筛选出"平均工资"小于1200行。

步骤：① 单击需要筛选的数据清单中的任意单元格。

② 单击"开始"选项卡的"编辑"组中的"排序和筛选"按钮 右侧的向下箭头，出现"排序和筛选"下拉列表，选择其中的"筛选"选项 之后，我们就可以在数据清单中每一列标记的旁边插入向下箭头。

③ 单击"平均工资"数据列中的箭头，就可以看到一个下拉列表。

④ 选择"文本筛选"中的"自定义筛选"，出现"自定义自动筛选方式"对话框，选择"小于"、"1200"选项，在工作表中我们就可以看到筛选的结果。

（12）以"职称"为分类字段，将"总计"项进行求和分类汇总，并建立各类职称工资和百分比饼图，插入到一个新的工作表 sheet2 中。

（13）设标题和表头为打印标题。

（14）打开工作簿，单击窗口左上角的"Microsoft Office"按钮 ，从"打印"子菜单选择"打印预览"命令，观察打印结果。

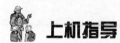

上机指导

实习 1   Excel 2007 的基本操作

1. 上机目的和要求

了解 Excel 2007 功能。

熟练掌握 Excel 2007 的启动与退出。

认识 Excel 2007 的窗口组成。

2. 上机内容和操作步骤

（1）选择"开始"菜单→"程序"→"Microsoft Office"→"Microsoft Office Excel 2007"命令，启动 Excel 2007。

（2）认识 Excel 主窗口的对象。

① 认识标题栏、Microsoft Office 按钮与功能区。

② 认识名称框、编辑栏、工作簿与工作表。

③ 认识滚动条、状态栏。

（3）操作 Excel 2007 的"格式"和"常用"工具栏。

① 观察窗口中的每个选项卡、各选项卡中的每个组及各组中的图标按钮。

② 将鼠标光标分别在各图标按钮上稍停片刻，记录下各按钮的名称。

（4）练习快捷菜单的使用。

① 在任意单元格上单击鼠标右键，屏幕弹出相应的快捷菜单，写出快捷菜单中的命令选项。

② 在任意工作表标签上单击鼠标右键，屏幕弹出相应的快捷菜单，写出快捷菜单中的命令选项。

（5）练习不存盘退出 Excel 2007。

① 用鼠标单击 Excel 2007 窗口右上角的"关闭"按钮 X 。

② 在"Microsoft Excel"对话框中单击"否"按钮，退出 Excel 2007。

（6）自由练习。

① 选择"开始"菜单→"程序"→"Microsoft Office"→"Microsoft Office Excel 2007"命令，启动 Excel 2007。

② 如果已经建立了 Exce 2007 快捷方式，双击快捷图标启动 Excel 2007。

③ 用鼠标直接双击由 Excel 2007 创建的文件名（带.xlsx 后缀），将在启动 Excel 2007 的同时打开所选择的文件。

④ 单击窗口左上角的"Microsoft Office"按钮 出现菜单，选择"关闭"命令，退出 Excel 2007。

⑤ 按"Alt+F4"组合键，退出 Excel 2007。

⑥ 单击 Excel 2007 窗口右上角的"关闭"按钮，退出 Excel 2007。

⑦ 双击"Microsoft Office"按钮 ，退出 Excel 2007。

⑧ 单击"Microsoft Office"按钮 出现"Microsoft Office"菜单，选择"退出 Excel"按钮，退出 Excel 2007。

⑨ 自由练习操作 Excel 2007 的 Microsoft Office 按钮、功能区、编辑栏、工作簿与工作表、滚动条等操作，直到熟练掌握为止。

（7）自选一种简单的方法退出 Excel 2007，结束操作。

实习 2　建立与编辑工作表

1．上机目的和要求

熟练掌握创建、保存、打开工作簿文件的方法。

熟练掌握工作表的选定、插入、删除、重命名、移动和复制。

熟练掌握撤消和恢复操作。

熟练掌握选定单元格的各种方法。

熟练掌握工作表单元格数据的移动和复制、插入和删除操作。

学会对单元格数据的输入和编辑修改。

熟练掌握单元格数据的编辑和清除操作。

2．上机内容和操作步骤

练习 1：

操作要求：

（1）启动 Excel 2007。

（2）单击"快速访问"工具栏中的"新建"图标按钮 ，建立一个新的工作簿文件。

（3）单击"Office 按钮" ，然后单击"Excel 选项"，在"Excel 选项"对话框的"常用"选项卡中设置"包含的工作表数"为 6，单击"确定"按钮；此时原工作簿中的工作表个数没有发生变化。

（4）再单击"快速访问"工具栏中的"新建"图标按钮 ，此时工作簿中的工作表个数为 6。

（5）单击"Sheet 1"工作表标签，在 A1 单元格中输入"一工作表"；单击"Sheet2"工作表标签，在 A1 单元格中输入"二工作表"，单击"Sheet 3"工作表标签，在 A1 单元格中输入"三工作表"，单击"Sheet 4"工作表标签，在 A1 单元格中输入"四工作表"，单击"Sheet

5" 工作表标签，在 A1 单元格中输入"五工作表"，单击"Sheet 6"工作表标签，在 A1 单元格中输入"六工作表"。

（6）单击"快速访问"工具栏中的"保存"按钮 ，屏幕弹出"另存为"对话框；在"文件名"框中输入文件名，如："exercise1"；在"保存位置"框中，选定 D 盘；在"文件夹"列表框中选择自己建立的文件夹，如："student"；在"保存类型"列表框中，选定系统默认的 Microsoft Excel 工作簿文件；单击"保存"按钮。

（7）关闭工作簿文件。

练习 2：

操作要求：

（1）启动 Excel 2007，新建一个工作簿文件，选定"Sheet3"工作表为当前工作表。

（2）单击 A2 单元格输入"20021101"。

（3）选定 A2 单元格，单击"开始"选项卡"编辑"组中的"填充"按钮，出现下拉菜单，选择"序列"命令，在"序列"对话框中选择序列产生在"列"，选定序列类型为"等差序列"，设定步长值为 1，终止值为 20021150，单击"确定"按钮。

（4）单击 B2 单元格输入"125"，选定 B2 单元格，将鼠标光标移至 B2 单元格下的填充柄处，当鼠标光标变成黑十字时按住鼠标左键不放拖动光标至 B11 单元格尾，松开鼠标。

（5）单击 C2 单元格输入"125"，将鼠标光标移至 C2 单元格下的填充柄处，按住"Ctrl"键不放，当鼠标光标变成双黑十字时按住鼠标左键拖动光标至 C11 单元格尾，松开鼠标。

（6）选定 D2 单元格，输入"第 1 次"，将鼠标光标移至 D2 单元格下的填充柄处，按住"Ctrl"键不放，当鼠标光标变成双黑十字时，按住鼠标左键拖动光标至 D11 单元格尾。

（7）选定 E2 单元格，输入"第 1 次"，将鼠标光标移至 E2 单元格下的填充柄处，当鼠标光标变成黑十字时，按住鼠标左键拖动光标至 E11 单元格尾。

（8）单击选定 F2 单元格，按住"Ctrl"键不放依次单击选定需输入相同数据的单元格，松开"Ctrl"键，输入"Excel 2007"，按"Ctrl+Enter"键。

（9）选定多个不连续单元格区域的操作应多练几次，要找到规律。

练习 3：

操作要求：

（1）启动 Excel 2007，新建两个工作簿文件。

（2）设置新工作簿文件的工作表个数为 5 个，新建两个工作簿文件，单击 3 次工作表右侧的"插入工作表"按钮 插入 3 个新工作表，观察此时当前工作簿的工作表个数。

（3）使用快捷菜单在当前工作簿文件中再插入 2 个新工作表，在"Sheet 3"工作表的 A1 单元格中输入"此为三工作表"；在"Sheet6"工作表的 B1 单元格中输入"此为六工作表"。

（4）双击 Sheet3 标签，输入"人事部"，双击 Sheet6 标签输入"销售部"。

（5）在"销售部"标签上单击鼠标右键，在快捷菜单上选择"移动或复制工作表命令"，在对话框中选定"建立副本"复选框，单击"确定"按钮，则在当前工作簿中复制一工作表。

（6）退出 Excel 2007。

练习 4：

新建一个工作簿，对新建工作簿操作要求如下：

（1）将该工作表"sheet1"命名为"销售计划"。

（2）将该工作簿以"exercise2"保存到"D:\student"文件夹中。

（3）关闭此工作簿。

（4）打开保存在磁盘上的"exercise2.xlsx"工作簿。

（5）在工作簿内插入一个新的工作表（此时的工作表为"sheet4"）。

（6）将所创建的工作表股票行情记录复制到新插入的工作表"sheet4"中。

（7）选定 A1、B3:B5、D2:F2 范围。

（8）切换到工作表 Sheet3 中，在单元格 B1 中输入"星期一"，然后分别用命令和鼠标在单元格 B2:B7 中填充数据，如表 4.2 所示。

表 4.2   销售计划表 1

	A	B	C	D	E	F	G	H	I
1		总公司 04年销售计划							
2	名称	服装	鞋帽	电器	化妆品	合计			
3	北辰商场	71500	385200	568000	549500	1574200			
4	华堂商场	98000	302000	663000	265770	1328770			
5	西单商场	95000	244000	886000	393980	1618980			
6	家乐福超市	61500	428600	963000	291550	1744650			
7	总计	326000	1359800	3080000	1500800	6266600			

练习 5：

打开上一练习 4 中保存的"exercise2.xlsx"，进行如下的操作，操作要求为：

（1）在标题和数据之间插入一行，在最左边插入一列。

（2）将"西单商场"一行移到"北辰商场"一行之前。

（3）将"名称"改为"商品名称"。

（4）在"名称"一列之前插入一列，并按样文输入内容。

（5）为"家乐福超市"单元格添加批注"合资企业"。

样文如表 4.3 所示。

表 4.3   销售计划表 2

	A	B	C	D	E	F	G	H	I
1				总公司 04年销售计划					
2									
3		序号	商品名称	服装	鞋帽	电器	化妆品	合计	
4		1	西单商场	95000	244000	886000	393980	1618980	
5		2	北辰商场	71500	385200	568000	549500	1574200	
6		3	华堂商场	98000	302000	663000	265770	1328770	
7		4	家乐福超市	61500	428600	963000	291550	1744650	
8			总计	231000	1115800	2194000	1106820	4647620	

练习 6：

操作要求：

（1）启动 Excel 2007，创建一个的新工作簿。

（2）单击 Sheet1 工作表标签，输入表 4.4 所示的数据。

表 4.4　成绩表 1

	A	B	C	D	E	F	G	H	I	J
1										
2										
3					考生成绩表					
4										
5	考号	姓名	性别	语文	数学	英语	总分	录取否		
6	100101	王红	女	98	90	94	282	录取		
7	100102	张言	男	85	88	95	268	录取		
8	100103	宋平	男	75	64	87	226	不录取		
9	100104	王大志	男	85	99	77	261	不录取		
10	100105	孙小英	女	87	95	76	258	录取		
11	100106	张小红	女	90	85	90	265	录取		
12	100107	刘力	男	67	90	88	245	录取		

（3）单击 G 列中的任意单元格，然后单击"插入"下拉菜单中的"列"命令，在 G 列（总分）前插入一列（计算机），填入成绩（自定）；单击标号为 13 的任意单元格，然后单击"插入"下拉菜单中的"行"命令插入一新行，填入数据（自定）。

（4）选定"考生成绩表"所在的所有单元格区域，单击"开始"选项卡"剪贴板"组中的"复制"按钮 🖻，单击"Sheet2"标签，单击"A1"单元格，单击"开始"选项卡"剪贴板"组中的"粘贴"按钮 🗒，出现卜拉列表，选择"粘贴值"选项，则将"Sheet1"中的表格复制到"Sheet2"工作表中；选定"Sheet3"工作表中"A1"单元格，单击"开始"选项卡"剪贴板"组中的"粘贴"按钮 🗒，出现下拉列表，选择"粘贴值"选项，将"Sheet1"中的表格复制到"Sheet3"工作表中。

（5）在"Sheet1"工作表中单击 A2 单元格，输入"编号"，按回车键，将"考号"改为"编号"两字。

（6）在"Sheet3"工作表中双击 A2 单元格，将"考号"改为"编号序列"。

（7）选定"Sheet3"中的 A 列，单击"开始"选项卡"编辑"组中的"清除"按钮 ⊘，出现下拉列表，选择"清除内容"选项，清除 A 列的内容。

（8）在"Sheet3"中选定 C 列，单击"开始"选项卡"单元格"组中的"删除"按钮 📑，出现下拉列表，选择"删除工作表列"选项，删除 C 列；单击选定 D5 单元格，单击"开始"选项卡"单元格"组中的"删除"按钮 📑，出现下拉列表，选择"删除单元格"选项，出现"删除"对话框，对话框中选择"下方单元格上移命令"删除 D5 单元格；用类似的方法删除 D6 单元格。

（9）在"Sheet1"工作表标签，选定"Sheet1"为当前工作表。

（10）单击"开始"选项卡"编辑"组中的"查找和选择"按钮 🔍 右侧的向下箭头，出现"查找和选择"下拉列表，选择其中的"替换"命令，出现"查找和替换"对话框中的"替换"选项卡，在"查找内容"框中输入"不录取"三字，在"替换值"框中输入"退档"二字，单击"全部替换"按钮。

 提示

查找和替换操作时系统默认范围为当前整个工作表，如果查找和替换操作的范围是单元格区域或者是几个工作表，应选定所需的区域再进行查找和替换操作。

实习3　格式化工作表

1．上机目的和要求

熟练掌握设置文本的字体、字号。

熟练掌握设置文字颜色。

熟练掌握设置数字格式。

熟练掌握单元格数据的对齐方式。

熟练掌握为工作表添加边框线。

2．上机内容和操作步骤

练习1：

操作要求：

（1）启动 Excel 2007，在空白工作簿中输入表 4.5 所示的内容。

表 4.5　预算表 1

	A	B	C	D	E	F	G	H	I
1	2004年预算工作表								
2			2003年		2004年				
3	帐目	项目	实际支出	预计支出	调配拨款	差额			
4	110	薪工	264,146	299,000	180,000	19,000			
5	120	保险	58,035	73,000	66,000	7,000			
6	140	通讯费	17,138	20,500	18,500	2,000			
7	201	差旅费	3,319	3,900	4,300	-400			
8	311	设备	4,048	4,500	4,250	250			
9	324	广告	902	1,075	1,000	75			
10	总和		347,588	401,975	274,050	27,925			

（2）标题格式：字体为黑体，字号为 20 磅，加粗，跨列居中；单元格底纹为浅绿色，图案为灰色，字体颜色为深蓝。

（3）表格中的数据单元格区域设置为会计专用格式，应用货币符号，右对齐，其他各单元格内容居中。

（4）按表 4.6 所示样文为表格设置相应的边框格式。

表 4.6　预算表 2

帐目	项目	2003年		2004年	
		实际支出	预计支出	调配拨款	差额
110	薪工	￥264,146.00	￥299,000.00	￥180,000.00	￥19,000.00
120	保险	￥58,035.00	￥73,000.00	￥66,000.00	￥7,000.00
140	通讯费	￥17,138.00	￥20,500.00	￥18,500.00	￥2,000.00
201	差旅费	￥3,319.00	￥3,900.00	￥4,300.00	（￥400.00）
311	设备	￥4,048.00	￥4,500.00	￥4,250.00	￥250.00
324	广告	￥902.00	￥1,075.00	￥1,000.00	￥75.00
总和		￥347,588.00	￥401,975.00	￥274,050.00	￥27,925.00

练习2：

操作要求：

（1）启动 Excel 2007，在空白工作簿中输入表 4.7 所示的内容。

表 4.7 统计表 1

	A	B	C	D	E	F	G	H
1	各部门2004年3月销售统计表							
2	部门名称	部门编号	销售额（万元）	成本（万元）	利润	利润率		
3	电器部	1	9876	8100				
4	服装部	2	5688	3400				
5	食品部	3	7854	4200				

（2）标题格式：字体为方正舒体，字号为 20 磅，加粗，跨列居中。

（3）选定"A2：F5"单元格区域，将字体、字号分别设置为"宋体"、"10"，对齐方式设置为"居中"。

（4）设置"部门编号"列为"文本"格式（参考样文）。

选定"B3：B5"单元格区域，单击"开始"选项卡的"数字"组右下角的对话框启动器按钮，出现"设置单元格格式"对话框中的"数字"选项卡，单击"分类"列表框中"文本"项，单击"确定"按钮。

（5）设置"销售额"、"成本"列的数字格式（参考样文）。

选定"C3：D3"单元格区域，单击"开始"选项卡的"数字"组右下角的对话框启动器按钮，出现"设置单元格格式"对话框中的"数字"选项卡，单击"分类"列表框中的"自定义"项，在"类型"列表中选择"#,##0.00"，移动鼠标到"类型"框中单击，在现有文本前输入"RMB"，单击"确定"按钮，此时要注意，所输入的引号为英文格式的引号。

样文如表 4.8 所示：

表 4.8 统计表 2

	A	B	C	D	E	F	G	H
1	各部门2004年3月销售统计表							
2	部门名称	部门编号	销售额（万元）	成本（万元）	利润	利润率		
3	电器部	1	RMB9,876.00	RMB8,100.00				
4	服装部	2	RMB5,688.00	RMB3,400.00				
5	食品部	3	RMB7,854.00	RMB4,200.00				

练习 3：

操作要求：制作"常住人口登记卡"表格，如表 4.9 所示。

表 4.9 登记表

	A	B	C	D	E	F	G	H	I
1	常住人口登记卡								
2	姓 名			户 主 或 与户 主 关 系					
3	曾 用 名			性 别					
4	出 生 地			民 族					
5	籍 贯			出 生 日 期					
6	本市（县）其他住址					宗教信仰			
7	公 民 身 份 证 件 编 号			身 高			血 型		
8	文 化 程 度	婚姻状况				兵役状况			
9	服 务 处 所					职 业			
10	何 时 由 何 地 迁来本市（县）								
11	何时由何地迁来本址								
12	承办人签章：					登记日期： 年 月 日			

（1）新建一工作簿，选定"Sheet1"为当前工作表，在 A1 单元格输入标题"常住人口登记卡。

（2）设置字体字号及字形分别为"宋体"、"18 号"、"粗体"，选定"A1：I1"单元格区域，单击"开始"选项卡"对齐方式"组中的"合并后居中"按钮 ▦。

（3）在 A2 至 A12 单元格分别输入上图中所示的数据。

（4）在 E2 至 E5 单元格中输入表 4.9 中所示的数据，在 D8 单元格中输入"婚姻状况"，在 E7 单元格中输入"身高"，在 G7 单元格中输入"血型"，在 F6 单元格中输入"宗教信仰"，在 F8 单元格中输入"兵役状况"，在 F9 单元格中输入"职业"，在 F12 单元格输入"登记日期：　年　　月　　日"。

（5）选定"A2：I11"区域（户籍内容），单击"开始"选项卡的"对齐方式"组右下角的对话框启动器按钮 ▣，出现"设置单元格格式"对话框中的"对齐"选项卡，设置"水平对齐"为"分散对齐"，"垂直对齐"为"居中"，设置字号为 11。

（6）单击选定 A7 单元格，在编辑栏中将插入点移到"公民身份"后，按"Alt+Enter"键换行。按此法将 A10，E2 中的内容按图示位置换行。

（7）选定需要合并的单元格区域，按图示将单元格进行合并。

（8）使用用鼠标拖动列标边框的方法，按图中所示数据位置调整各列列宽。

（9）选定全部表格，"边框"按钮设置表格边框，其效果自定。单击"开始"选项卡的"字体"组右下角的对话框启动器按钮 ▣，出现"设置单元格格式"对话框，单击"边框"选项卡，可设置多种规格的边框线。

实习 4　表格计算

1．上机目的和要求

熟练掌握公式的输入。
理解单元格地址的引用。
掌握粘贴函数法输入函数及常用函数的使用。

2．上机内容和操作步骤

练习 1：
操作要求：在空的工作表内输入表 4.10 所示的数据，进行相关的操作。
（1）计算报表的"销售额"
① 单击单元格 H2。
② 输入公式：= F2*G2，然后按 Enter 键
③ 选择已经输入公式的单元格 H2，将鼠标指向它的边框右下角，当鼠标变成黑色十字实线型时，按住 Ctrl 键的同时用鼠标将选定的 H2 单元格拖曳到 H3，松开鼠标即可。
（2）计算报表的"销售总额"
① 选择 H20，在编辑栏上选择函数"SUM"
（3）计算"黄蓉"的总销售额
① 选择 F20 单元格，之后单击"插入公式"按钮。
② 输入公式"SUM（IF（C2：C19＝"黄蓉"，H2：H19））"。
③ 按 Ctrl+Shift+Enter 组合键。

表 4.10　成绩表 2

	A	B	C	D	E	F	G	H	I	J
1	月份	城市	销售经理	商品名称	商品成本	商品销售	商品数量	销售额	利润额	
2	一月	北京	郭靖	轿车A	9	13	1000			
3	一月	北京	黄蓉	轿车B	10	15	900			
4	一月	上海	郭靖	轿车A	9	13.3	1003			
5	一月	上海	黄蓉	轿车B	10	15.4	850			
6	一月	广州	郭靖	轿车A	9	13	1200			
7	一月	广州	黄蓉	轿车B	10	15	1300			
8	二月	北京	郭靖	轿车A	9	13.4	1050			
9	二月	北京	黄蓉	轿车B	10	15.2	1250			
10	二月	上海	郭靖	轿车A	9	13.2	870			
11	二月	上海	郭靖	轿车B	10	15.1	908			
12	二月	广州	郭靖	轿车A	9	13.1	920			
13	二月	广州	黄蓉	轿车B	10	14.9	1020			
14	三月	北京	郭靖	轿车A	9	12.9	1230			
15	三月	北京	黄蓉	轿车B	10	15.6	1400			
16	三月	上海	郭靖	轿车A	9	13.1	1450			
17	三月	上海	黄蓉	轿车B	10	15.4	1300			
18	三月	广州	郭靖	轿车A	9	13.3	1200			
19	三月	广州	黄蓉	轿车B	10	15.3	1001			
20										
21										

（4）使用 SUMIF 函数直接统计销售报表里有关"郭靖"的销售总额。

① 选择单元格 G20。

② 输入公式"SUMIF（C2：C19，C2，H2：H19）"

③ 单击"确定"即可。

（5）使用 MAX 函数查找销售额最大值

① 选择放置最大值的空单元格。

② 输入公式"MAX（H2：H19）"

③ 单击"确定"即可。

练习 2：

操作要求：

（1）启动 Excel 2007，在工作表中输入下表 4.11 所示的数据。

表 4.11　成绩表 3

	A	B	C	D	E	F	G	H	I	J	K
1	姓名	性别	语文	数学	英语	计算机	总分	平均分	最高分	最低分	名次
2	王红	女	98	90	94	96					
3	张言	男	85	88	95	90					
4	宋平	男	75	64	87	80					
5	王大志	男	85	99	77	60					
6	孙小英	女	87	95	76	88					
7	张小红	女	90	85	90	90					
8	刘力	男	67	90	88	95					
9	参加人数										
10	最高分										
11	最低分										
12	及格数										
13	不及格数										

（2）选定"C2：F2"单元格区域，在状态栏中即会显示王红的总成绩，在状态栏上的"求和"处单击鼠标右键，在快捷菜单上选择"均值"命令，在状态栏中即会显示王红的平均成

绩，请注意观察操作后的结果。

（3）选定"E2：E7"单元格区域，在状态栏上的"均值"处单击鼠标右键，在快捷菜单上选择"最大值"命令，在状态栏中即会显示英语的最高分，请注意观察操作后的结果。

（4）选定"C2：F2"单元格区域，单击"开始"选项卡"编辑"组中的"自动求和"按钮 Σ，在 G2 单元格内出现王红的总成绩；选定"C2：G8"单元格区域，单击"开始"选项卡"编辑"组中的"自动求和"按钮 Σ，可计算出所有人的总成绩。

（5）选定"C2：F8"单元格区域，单击"开始"选项卡"编辑"组中的"自动求和"按钮 Σ，可计算出所有的科总分。

（6）选定"G2：H8"单元格区域，单击"开始"选项卡"编辑"组中的"清除"按钮 ，出现下拉列表，选择"清除内容"选项，清除表格中的总成绩和平均成绩。

（7）将表 4.11 所示工作表中的数据复制到一个新的工作表中。

（8）单击选定 G2 单元格，输入公式"= C2+D2+E2+F2"，按回车键，计算出王红的总成绩；用填充柄将 G2 单元格中的公式复制到其他人的总成绩单元格中，计算其他人总成绩。

（9）单击选定 H2 单元格，输入公式"=H2/4"，按回车键，计算出王红的平均成绩；用填充柄将 H2 单元格中的公式复制到"H3：H8"单元格区域，计算出所有人的平均分。

（10）将表 4.11 所示工作表中的数据复制到另一个新的工作表 sheet2 中。

（11）计算总分：单击 G2，双击 Σ 按钮；使用填充柄将 G2 中的公式复制到 G3、G4、G5、G6、G7、G8 中。

（12）计算平均分：单击 H2，单击"插入函数"按钮 fx，弹出"插入函数"对话框，在"选择函数"列表框中选择"AVERAGE"，单击"确定"按钮，将"Number1"中的区域改为"C2：F8"，单击"确定"按钮；使用填充柄将 H2 中的公式复制到 H3、H4、H5、H6、H7、H8 中。

（13）计算每人的科最高分：单击 I2 单元格，输入"=MAX（"，然后用鼠标拖动选定 C2：F2 区域（地址将自动输入），最后输入"）"；单击 ✔ 按钮，编辑栏显示公式：=MAX（C2：F2）；使用填充柄将 I2 中的公式复制到 I3、I4、I5、I6、I7、I8 中。

（14）计算每人的最低分：选定 J2 单元格并输入公式"=MIN（C2：F2）"，按回车键，然后使用填充柄将公式复制到 J3、J4、J5、J6、J7、J8 中。

（15）计算名次：将 K2 单元格中输入计算名次公式"=RANK（G2，G2：G8）"，按回车键，然后使用填充柄将公式复制到 K3、K4、K5、K6、K7、K8 中。

（16）将上图工作表中的数据再复制到另一个新的工作表 sheet3 中。

（17）用函数计算各科最高分。

（18）用函数计算各科最低分。

（19）用函数计算"参加人数"：可使用"统计"函数"COUNT"。

（20）用函数计算各科及格、不及格人数：可参考下面的公式"=COUNTIF（C$2：C$8，"">=60""）、=COUNTIF(C$2：C$8，"" < 60"")"。

（21）此时工作表操作后的效果如表 4.12 所示，将该工作簿存盘。

样文如下：

表 4.12　成绩表 4

	A	B	C	D	E	F	G	H	I	J	K
1	姓名	性别	语文	数学	英语	计算机	总分	平均分	最高分	最低分	名次
2	王红	女	98	90	94	96	378	94.5	98	90	1
3	张言	男	85	88	95	90	358	89.5	95	85	2
4	宋平	男	75	64	87	80	306	76.5	87	64	7
5	王大志	男	85	99	77	60	321	80.25	99	60	6
6	孙小英	女	87	95	76	88	346	86.5	95	76	4
7	张小红	女	90	85	90	90	355	88.75	90	85	3
8	刘力	男	67	90	88	95	340	85	95	67	5
9	参加人数		7								
10	最高分		98	99	95	96					
11	最低分		67	64	76	60					
12	及格数		7	7	7	7					
13	不及格数		0	0	0	0					

实习 5　数据管理

1．上机目的和要求

熟练掌握数据排序。

掌握分类汇总。

掌握筛选数据。

2．上机内容和操作步骤

练习 1：

操作要求：

（1）启动 Excel 2007，创建一个新工作簿，在"Sheet1"工作表中制作表 4.13 所示的工作表。

表 4.13　成绩表 5

	A	B	C	D	E	F	G	H
1	姓名	性别	语文	数学	英语	计算机	总分	平均分
2	王红	女	98	90	94	96		
3	张言	男	85	88	95	90		
4	宋平	男	75	64	87	80		
5	王大志	男	85	99	77	60		
6	孙小英	女	87	95	76	88		
7	张小红	女	90	85	90	90		
8	刘力	男	67	90	88	95		

（2）选定"王红"4 科成绩所在的"C2：F2"单元格区域，单击"开始"选项卡"编辑"组中的"自动求和"按钮 Σ，在 G2 单元格生成王红的总分。

（3）单击 H2 单元格，单击编辑栏中的"="（编辑公式）按钮，单击编辑栏最左侧的"常用函数列表"下拉箭头，单击选中"AVERAGE"函数；在"AVERAGE"公式选项板中单击"Number1"输入框右端的"折叠对话框"按钮，单击 C2 单元格并拖动至 F2 单元格，再次单击输入框右端的"折叠对话框"按钮，返回"AVERAGE"公式选项板，单击"确定"按钮，在 H2 单元格生成"王红"的平均分。

（4）单击选中 G2 单元格，将鼠标光标移至该单元格的填充柄处，当鼠标光标变成黑十字时按住鼠标左键拖动鼠标至 G8 单元格，复制求和公式，计算出其他人的总分。

（5）用与步骤4类似的方法复制求平均值公式，计算出其他人的平均分。

练习2：

操作要求：

（1）先以总分为关键字用工具栏命令按降序排序：单击总分列的任意单元格，单击"开始"选项卡的"编辑"组中的"排序和筛选"按钮 右侧的向下箭头，出现"排序和筛选"下拉列表，选择其中的"降序"选项 进行排序操作。

（2）以平均分为第一关键字（降序），以英语为第二关键字（降序）用菜单命令排序：单击表格中的任意单元格，单击"开始"选项卡的"编辑"组中的"排序和筛选"按钮 右侧的向下箭头，出现"排序和筛选"下拉列表，选择其中的"自定义排序"选项 ，出现"排序"对话框，在"排序"对话框中设置"主要关键字"为"平均分"、"递减"，"次要关键字"为"英语"、"递减"，单击选定"有标题行"单选框，排序后的结果如表4.14所示。

表 4.14　成绩表 6

	A	B	C	D	E	F	G	H
1	姓名	性别	语文	数学	英语	计算机	总分	平均分
2	王红	女	98	90	94	96	378	94.5
3	张言	男	85	88	95	90	358	89.5
4	张小红	女	90	85	90	90	355	88.75
5	孙小英	女	87	95	76	88	346	86.5
6	刘力	男	67	90	88	95	340	85
7	王大志	男	85	99	77	60	321	80.25
8	宋平	男	75	64	87	80	306	76.5

练习3：

操作要求：筛选出男生中"总分"在340分以上的记录。

（1）单击表格中的任意单元格，单击"开始"选项卡的"编辑"组中的"排序和筛选"按钮 右侧的向下箭头，出现"排序和筛选"下拉列表，选择其中的"筛选"选项 ，则在数据清单中每一列标记的旁边插入向下箭头，单击"性别"单元格的下拉箭头，单击"男"项，筛选出全部男生。

（2）单击"总分"单元格的下拉箭头，选择"文本筛选"中的"自定义筛选"，出现"自定义自动筛选方式"对话框，在对话框中，单击左侧"比较运算符"下拉箭头，单击选定"大于或等于"，在右侧"数字"框中输入"340"，单击"确定"按钮，筛选后的结果如表 4.15所示。

表 4.15　成绩表 7

	A	B	C	D	E	F	G	H
1	姓名	性别	语文	数学	英语	计算机	总分	平均分
3	张言	男	85	88	95	90	358	89.5
6	刘力	男	67	90	88	95	340	85

练习4：

操作要求：数据清单的分类汇总操作。

（1）单击表格中的任意单元格，单击"开始"选项卡的"编辑"组中的"排序和筛选"按钮 右侧的向下箭头，出现"排序和筛选"下拉列表，再次选择其中的"筛选"选项 ，即可取消筛选操作。

（2）以"性别"为关键字降序排序。

 提示

进行分类汇总操作前，必须对关键字进行排序操作。

（3）在数据清单中选定进行分类汇总单元格，单击"数据"选项卡的"分级显示"组中的"分类汇总"按钮 ![], 出现"分类汇总"对话框；在"分类汇总"对话框中单击"分类字段"下拉箭头，单击"性别"；单击"汇总方式"下拉箭头，在"选定汇总项"框中单击选取"语文"、"数学"、"英语"复选框；单击"确定"按钮，分类汇总后的结果如表 4.16 所示。

（4）单击"-"（折叠）按钮，单击"+"（展开）按钮，体会折叠、展开按钮的功能。

表 4.16　成绩表 8

		A	B	C	D	E	F	G	H
	1	姓名	性别	语文	数学	英语	计算机	总分	平均分
	2	王红	女	98	90	94	96	378	94.5
	3	张小红	女	90	85	90	90	355	88.75
	4	孙小英	女	87	95	76	88	346	86.5
	5		女 汇总	275	270	260			
	6	张言	男	85	88	95	90	358	89.5
	7	刘力	男	67	90	88	95	340	85
	8	王大志	男	85	99	77	60	321	80.25
	9	宋平	男	75	64	87	80	306	76.5
	10		男 汇总	312	341	347			
	11		总计	587	611	607			

综合练习题 4

1. 填空题

（1）Excel 2007 中用_____来显示工作表的名称和当前工作表在工作簿中的位置。

（2）单击_____工具栏上的_____按钮，也可以创建一新的空白工作簿文件。

（3）在单元格中输入_____，系统默认为左对齐；输入_____，系统默认为右对齐；用户也可以自行设定对齐方式。

（4）当数字作为字符串输入时，需以_____开头。

（5）用户选定所需的单元格或单元格区域后，在当前单元格或选定区域的右下角出现一个黑色方块，这个黑色方块叫_____。

（6）数字和非数字的组合（如分数 1/4），Excel 2007 将识别为文本。为避免输入的分数被识别为日期，可在分数前加_____。

（7）Excel 2007 中新建的工作簿，系统默认有_____个工作表。

（8）右击要插入工作表的标签，在弹出的快捷菜单中单击"插入"命令，出现"插入"对话框单击"确定"按钮，可在当前活动工作表的_____面插入一空白的工作表。

（9）单击_____按钮，然后单击_____选项，在"Excel 选项"对话框的"常用"选项卡中设置"包含的工作表数"为 6，单击"确定"按钮

（10）把一单元格的全部内容移动到另一单元格中需使用_____和_____命令。

（11）把一单元格的全部内容复制到另一单元格中需使用_____和_____命令。

（12）单击快速访问工具栏上的_____按钮，可以连续或逐次撤消前一次的操作。

（13）单击快速访问工具栏上的_____按钮，可以连续或逐次恢复前一次的操作。

（14）在没有进行设置的前提下，向单元格输入字符串，它会自动_____对齐。

（15）在没有进行设置的前提下，向单元格输入数字，它会自动_____对齐。

（16）加边框线的方法为：选取所需的单元格或单元格区域；单击_____选项卡的_____组中的_____按钮。

（17）选择_____按钮的_____命令，可以进行"打印"设置。

（18）用于排序的字段称为_____。

（19）给工作表中的单元格填充底色操作，使用_____命令或_____按钮都可以。

（20）E$F12345 是_____地址，AB4562 是_____地址，A923 是_____地址。

（21）Excel 中文字运算符_____可以将两个字符串连接起来。

（22）在 Excel 2007 中，公式"=100+20＞400"的计算结果为_____。

（23）在 Excel 2007 中，若单元格 B2=10，B3=20，B4=30，则函数 SUM（B2，B4）的值为_____。

（24）要想对表格中的某一字段进行分类汇总，必须先对该字段进行排序操作，且表格中的第一行必须有_____；否则分类汇总的结果将会出现错误。

（25）AVERAGE（15，20，35）的值是_____；COUNT（1，3，5，7）的值是_____。

（26）MAX（16，12，56）的值是_____；MIN（50，20，100）的值是_____。

（27）在 Excel 2007 中，向单元格输入以下值：A1=1，B1=2，C1=3，D1=4；A2=0，B2=1，C2=4，D2=2；A3=1，B3=3，C3=5，D3=7；向 D4 内输入公式=SUM（B1：B3，C1：D3），则 D4 单元格显示的值为_____。

（28）当 Excel 2007 工作表中的数据区域中的数据发生变化时，图表会相应的_____。

2．选择题

（1）能够利用其进行方便与快捷的 Excel 基本操作是（　　　）。

　　A．功能区　　　　　B．工具栏　　　　　C．单元格显示区　　　　D．工作表状态行

（2）Excel 2007 工作表中最多可有（　　　）行。

　　A．1048576　　　B．256　　　　　　C．不确定　　　　　　　D．用户自行设置

（3）Excel 2007 工作表中最多可有（　　　）列。

　　A．16384　　　　B．256　　　　　　C．20　　　　　　　　　D．自定义

（4）单元格的位置是由（　　　）确定的。

　　A．单元格名称　　B．行号　　　　　C．列标　　　　　　　　D．行号及列标

（5）退出 Excel 2007 的快捷操作方式是双击（　　　）。

　　A．关闭窗口按钮

　　B．左上角的"Office 按钮"图标

　　C．"快速访问工具栏"

　　D．其他。

（6）可以通过以下操作保存文件（　　　）。

　　A．按下关闭窗口按钮并确认保存文件

      B．单击"Office 按钮"，选择"保存"子菜单

      C．单击"Office 按钮"，选择"另存为"子菜单

      D．"快速访问工具栏"上的保存按钮

（7）全屏显示模式中，（　　）将消失，不被显示在屏幕上。

      A．垂直滚动条　　　　　　　　　B．功能区

      C．关闭全屏显示按钮　　　　　　D．状态栏

（8）以下有关窗口及工作表的表述正确的是（　　）。

      A．一个窗口中只能显示一个工作表

      B．一个工作表只能在一个窗口中显示

      C．Excel 2007 软件只能同时打开一个窗口

      D．Excel 2007 软件只能同时打开一个工作表

（9）拆分与冻结窗格的不同之处在于（　　）。

      A．拆分适用于工作表内容太大时，而冻结窗格只适用于小工作表

      B．拆分后可移动窗口中的分隔线而后者的分隔线则不能移动

      C．结窗口能将标题及内容分开而拆分则不行

      D．两者无不同之处

（10）以下对 Excel 2007 表述错误的是（　　）。

      A．它主要用于表格处理

      B．不能与其他应用软件链接实现资源共享

      C．只能处理表格，不能做简单的文书编辑

      D．能进行简单的绘画

（11）对单元格进行数据输入时，您可以在（　　）中直接输入。

      A．单元格内　　　　　　　　　　B．单元格显示区

      C．编辑区　　　　　　　　　　　D．状态栏

（12）对"Excel 选项"表述正确的是（　　）。

      A．其中设置的是系统的默认值

      B．其中的设置不能随意更改

      C．可以删除选项中的设置

      D．不可以删除选项中的设置

（13）是否显示行号与列标，您可以通过（　　）功能区进行操作。

      A．开始　　　　B．页面布局　　　C．视图　　　　D．插入

（14）新建工作簿时，系统默认创建（　　）个工作表。

      A．3 个　　　　B．16 个　　　　C．不确定　　　　D．自定义

（15）选择非相邻的单元格时，需要按下（　　）键不放才能完成操作。

      A．Ctrl　　　　B．Alt　　　　C．Shift　　　　D．Tab

（16）当光标变成（　　）时，可进行单元格的"填满"功能。

      A．细十字状　　B．空心十字状　C．箭头状　　　D．双箭头状

（17）以下对工作表命名的表述错误的是（　　）。

      A．不得超过 36 个字符　　　　　B．不得空白

      C．不得包含数字　　　　　　　　D．只能为文字

（18）当光标变为（　　）形时，可对单元格数据进行修改。

　　A．I形　　　　　B．十字形　　　　C．双箭头状　　　D．普通箭头

（19）选择整个工作表可以通过以下操作实现（　　）。

　　A．按下全选键　　　　　　　　B．选择所有的行和列

　　C．选择所有的单元格　　　　　D．其他

（20）对单元格进行复制及粘贴，能通过以下操作（　　）。

　　A．右键快捷菜单　　　　　　　B．开始选项卡

　　C．页面布局选项卡　　　　　　D．状态栏

（21）单元格数据的填充可以实现（　　）。

　　A．数据复制　　　　　　　　　B．公式复制

　　C．产生序列　　　　　　　　　D．其他

（22）单元格的清除与删除不同之处在于（　　）。

　　A．清除只针对内容而删除包括内容格式等

　　B．清除只针对内容格式等而删除针对单元格自身

　　C．两者完全一样

　　D．两者完全不一样

（23）下列对移动单元格数据表述正确的是（　　）。

　　A．此操作等于剪切与粘贴相加

　　B．可直接利用鼠标器拖拉单元格完成

　　C．可通过工具栏剪切及粘贴按钮完成

　　D．可通过编辑菜单中剪切与粘贴完成

（24）Excel 给定工作表的上限是（　　）。

　　A．255个　　　B．16个　　　　C．3个　　　　　D．无限制

（25）要将下列（　　）移动可直接利用鼠标器拖拉移动完成。

　　A．单元格　　　　　　　　　　B．单元格中的数据

　　C．工作表　　　　　　　　　　D．工作簿

（26）系统默认的字体是（　　）。

　　A．宋体　　　　B．幼园　　　　C．楷体　　　　D．行书

（27）当工作表单元格出现"＃＃＃＃"时表示该列（　　）。

　　A．太宽　　　　B．太窄　　　　C．其他原因　　D．软件本身出错

（28）当光标变为（　　）状，可以调节行高及列宽。

　　A．空心十字　　　　　　　　　B．空心十字左右箭头

　　C．双箭头　　　　　　　　　　D．普通箭头

（29）以下关于最适合的列宽行高表述错误的是（　　）。

　　A．根据单元格输入的内容调整行高列宽

　　B．无限定值

　　C．当重新输入数据时会相应自动调整

　　D．总是与输入的数据适合

（30）系统默认的列宽为（　　）。

　　A．8.38　　　　B．3.83　　　　C．10　　　　　D．无

（31）以下记数方式中，不使用千分位分隔符的是（　　　）。

　　　A．科学记数　　　　B．会计专用　　　C．货币　　　　D．日期

（32）系统认定的负数表示方式可以是（　　　）。

　　　A．加括号　　　　　B．红字　　　　　C．加负号　　　　D．可自定义

（33）当数据超过单元格范围时，可以通过以下操作解决（　　　）。

　　　A．增加列宽　　　　　　　　　　　　B．自动换行

　　　C．合并单元格　　　　　　　　　　　D．其他

（34）可以对合并单元格进行的操作是（　　　）。

　　　A．在其上插入一单元格　　　　　　　B．在其上删除一单元格

　　　C．移动合并单元格　　　　　　　　　D．删除合并单元格

（35）系统默认的 Excel 2007 字号为（　　　）。

　　　A．12 号字　　　　　B．五号字　　　　C．10 号字　　　　D．无

（36）正确地设置边框格式应（　　　）。

　　　A．先选择边框位置再选择边框线粗细

　　　B．先选择边框线粗细再选择边框位置

　　　C．无特定要求

　　　D．两者都行

（37）在一次设置边框时，必须满足以下条件（　　　）。

　　　A．只能使用同类型框线

　　　B．设置了外框则不能设置内容

　　　C．无限制

　　　D．两者都行

（38）单元格中文字对齐方式有（　　　）。

　　　A．居中　　　　　　B．靠左　　　　　C．靠右　　　　　D．至于底端

（39）属于合并单元格文字对齐方式有（　　　）。

　　　A．靠左　　　　　　B．靠右　　　　　C．至于底端　　　D．分散对齐

（40）下列公式中，格式正确的是（　　　）。

　　　A．SUM(A1:B1)　　　　　　　　　　B．SUM(A1B1)

　　　C．= SUM(A1:B1)　　　　　　　　　D．= SUM A1:B1

（41）设置绝对位置时，应在行号列标前加上（　　　）。

　　　A．$　　　　　　　B．`#　　　　　　C．*　　　　　　　D．@

（42）公式中必不可少的符号是（　　　）。

　　　A．+　　　　　　　B．*　　　　　　　C．=　　　　　　　D．/

（43）求平均值函数为（　　　）。

　　　A．SUM　　　　　　B．AVERAGE　　　C．MIN　　　　　D．MAX

（44）可以直接在（　　　）中输入并设定选定区域的名称。

　　　A．公式编辑区　　　　　　　　　　　B．编辑区

　　　C．单元格显示区　　　　　　　　　　D．状态显示区

（45）Excel 建立的图表是以（　　　）为基础的。

　　　A．整个工作簿　　　　　　　　　　　B．整个工作表

C．单个单元格　　　　　　　　　　D．选定单元格区

（46）光标变成（　　）状时，能移动图表。

　　A．四角箭头　　　　B．箭头　　　C．单箭头　　　　　　D．十字形

（47）被选定的图表，在外观上（　　）。

　　A．全部呈黑色　　　　　　　　　　B．被框线围住

　　C．无差别　　　　　　　　　　　　D．有八个小控制点

（48）在图表中，可移动的对象是（　　）。

　　A．坐标轴　　　　　　B．刻度线　　　C．图表标题　　　　D．图表格式

（49）打印时，可选择针对以下（　　）部分进行打印。

　　A．选定区域　　　　　　　　　　　B．选定工作表

　　C．选定页　　　　　　　　　　　　D．整个工作簿

（50）设置打印品质的选项是（　　）。

　　A．是否按稿纸方式打印　　　　　　B．打印范围

　　C．打印缩放比例　　　　　　　　　D．打印质量

（51）双击即能对（　　）直接进行修改。

　　A．单元格　　　　　　　　　　　　B．来自文件的链接对象

　　C．艺术字　　　　　　　　　　　　D．来自扫描仪对象

（52）当想要选取多个图形对象时，按下鼠标器左键后需同时按下（　　）。

　　A．Ctrl 键　　　　　　　　　　　　B．Tab 键

　　C．Alt 键　　　　　　　　　　　　D．Shift 键

（53）关于数据筛选及条件格式的表述不正确的是（　　）。

　　A．两者都是依条件筛选出来的

　　B．两者都用醒目的颜色突出显示

　　C．两者都只显示符合条件的数据

　　D．两者都利于查找及归类

（54）高级筛选与自动筛选不同之处在于（　　）。

　　A．前者是手工操作后者是由系统自行操作无须设置

　　B．前者需输入条件而后者不需要

　　C．前者可用通配符后者不行

　　D．前者可将结果复制至工作表中其他位置

3．判断题

（1）Excel 2007 快速访问工具栏可以移动。　　　　　　　　　　　　　　　（　　）

（2）Excel 2007 功能区位于快速访问工具栏的下方。　　　　　　　　　　（　　）

（3）在 Excel 2007 中，使用编辑栏可以执行 Excel 2007 操作命令。　　　（　　）

（4）Excel 文件的扩展名是".doc"，Excel 属于 Office 系列软件。　　　（　　）

（5）下列是 Excel 的基本存储单位有单元格、工作表和工作簿。　　　　（　　）

（6）在 Excel 2007 中，在选定的一行位置上插入一行，可以选择"编辑"菜单中的"插入"命令。　　　　　　　　　　　　　　　　　　　　　　　　　　　　（　　）

（7）在 Excel 2007 中，工作簿窗口只有一个活动工作表。　　　　　　　（　　）

（8）在 Excel 2007 中，选择一活动单元格，输入一个数字，按住 Ctrl 键，向左方向拖动填充柄，所拖过的单元格被填入的是按步长值为 1 的递增等差数列。　　　　　（　　）

（9）在 Excel 2007 中，编辑栏中的名称框显示的不是单元格的地址。　　　　（　　）

（10）在 Excel 2007 中，填充单元格区域中的底纹可通过"开始"选项卡进行。（　　）

（11）Alt+H 不是打开 Excel "帮助"菜单的快捷键。　　　　　　　　　　（　　）

（12）在 Excel 2007 中，单击鼠标右键弹出的快捷菜单中所包含的命令是随鼠标指针位置的变化决定。　　　　　　　　　　　　　　　　　　　　　　　　　　　　（　　）

（13）Excel 2007 工作表不可以重命名。　　　　　　　　　　　　　　　（　　）

（14）在 Excel 2007 中，设置单元格区域的数字格式可通过"数据"选项卡进行。（　　）

第5章 PowerPoint 2007

学习目标:

☞ 掌握 PowerPoint 2007 的一些基本概念;

☞ 掌握演示文稿的创建的方法;

☞ 掌握编辑演示文稿的一些基本操作;

☞ 掌握幻灯片的一些修饰的方法;

☞ 掌握演示文稿的播放方法;

☞ 掌握演示文稿的打印方法;

☞ 了解演示文稿的打包方法。

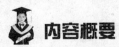 内容概要

1. PowerPoint 2007 简介

● 启动与关闭 PowerPoint 2007。

● PowerPoint 2007 窗口的基本元素:从上到下依次排列着标题栏、菜单栏、工具栏、工作区、状态栏。

● PowerPoint 2007 的视图方式:普通视图、大纲视图、幻灯片视图、幻灯片浏览视图、幻灯片放映视图和备注页视图。

2. 创建演示文稿

● 使用内容提示向导创建演示文稿:使用"内容提示向导"建立演示文稿;幻灯片的简单放映。

● 演示文稿的保存和打开已有的文稿:保存演示文稿;打开演示文稿。

● 使用"模板"建立演示文稿。

● 建立空演示文稿。

3. 编辑演示文稿的基本操作

● 文字处理:对幻灯片中的文本进行字体、大小、位置、颜色的处理。

● 插入图片、艺术字:在幻灯片中插入图片、表格、艺术字。

● 段落处理:项目符号、编号的处理;段落间距、行距设置,对齐方式的设置。

● 使用公式、表格和图表:增加组织结构图;使用公式;使用表格;创建复杂表格;使用图表。

● 大纲视图下编辑文本:大纲工具栏的说明及使用。

- 调整演示文稿的布局：插入新幻灯片；删除幻灯片；复制幻灯片；移动幻灯片。

4．幻灯片修饰

- 应用设计模板：设计模板；内容模板。
- 幻灯片配色方案和背景的调整：设置配色方案；设置背景。
- 母版：幻灯片母版；标题母版；讲义母版；备注母版。
- 增加多媒体效果：加入声音效果；加入媒体剪辑或动画

5．演示文稿的播放、打印和打包

- 设置动画效果：预设动画设置；自定义动画。
- 演示文稿的屏幕放映和控制：幻灯片切换；设置放映方式；交互式演示文稿；控制幻灯片放映
- 打印演示文稿：页面设置；设置"打印"对话框。
- 演示文稿的打包和解包：演示文稿的打包；解开打包文件。

 ## 典型习题精解

1．填空题

（1）在 PowerPoint 2007 中，能够观看演示文稿的整体实际播放效果的视图模式是
_____。

答案：

幻灯片放映

（2）在 PowerPoint 2007 中，创建新的幻灯片时出现的虚线称为_____。

答案：

占位符

（3）演示文稿的放映方式可以设置为_____、观众自行浏览和在展台浏览三种方式。

答案：

演讲者放映

（4）退出 PowerPoint 2007 的快捷键是_____。

答案：

Alt+F4

（5）要同时选择第 1,3,5 这三张幻灯片，应该在_____视图下操作。

答案：

幻灯片浏览

（6）在幻灯片浏览视图中，可以在屏幕上同时看到演示文稿中的所有幻灯片，这些幻灯片是以_____显示的。

答案：

缩图

（7）在 PowerPoint 2007 中默认的新建文件名是_____。

答案：

演示文稿1

（8）PowerPoint 2007 演示文稿的默认文件扩展名是_____。

答案：

pptx

（9）在 PowerPoint 2007 的_____视图下，可用鼠标拖动的方法改变幻灯片的顺序。

答案：

幻灯片浏览

（10）启动 PowerPoint 2007 的方法有：可以从 Windows 2007 的"开始"菜单启动也可以通过_____启动。

答案：

桌面快捷方式

（11）为所有幻灯片设置统一的、特有的外观风格，应使用_____。

答案：

母版

（12）使用_____命令，可以改变幻灯片的背景

答案：

设计选项卡的背景组中的背景样式

2．简答题

（1）如何记录演示文稿的幻灯片放映的时间？

答案：

● 选择"幻灯片放映"选项卡的"设置"组中的"排练计时"，此时出现预演工具栏，同时开始记录每张幻灯片放映的时间。

● 当幻灯片放映到最后一张时，出现图 5.1 所示的对话框，选择"是"按钮，会显示演示文稿中所有幻灯片放映的时间。

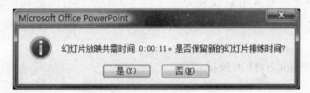

图 5.1　记录幻灯片放映时间

（2）在 PowerPoint 2007 演示文稿中如何插入数学公式？

答案：

● 显示要添加公式的幻灯片。

● 单击"插入"选项卡"文本"组中的"对象"按钮，将出现"插入对象"对话框，从"对象类型"列表中选择"Microsoft 公式 3.0"，单击"确定"按钮。

● 出现"公式编辑器"窗口，使用公式编辑器的工具和菜单来创建公式。

● 公式编辑完成，选择公式编辑器中的"文件"菜单下的"退出并返回到演示文稿"即可返回到演示文稿。

● 适当调整公式的位置和大小。

（3）如何在 PowerPoint 2007 演示文稿中设置放映的动画效果？

答案：

在 PowerPoint 2007 演示文稿中可以使用两种方式设置放映的动画效果

① 预设动画设置。

● 打开要设置动画效果的幻灯片。

● 切换到"动画"选项卡，其中提供了"预览"、"动画"和"切换到此幻灯片"3 个设置组。

● 在幻灯片中选定要设置动画效果的对象，单击"动画"选项卡的"动画"组中的"动画"下拉列表 选择一种预设动画效果。

● 单击"动画"选项卡的"预览"组中的"预览"按钮 ，可以看到动画效果。

② 自定义动画。

● 打开要设置动画效果的幻灯片，切换到"动画"选项卡，单击"动画"组中的"自定义动画"按钮 ，则"自定义动画"任务窗格出现。

● 依次设置"自定义动画"任务窗格中的每一项，完成对演示文稿的自定义动画的设置。

（4）如何将 PowerPoint 2007 演示文稿打包？

答案：

打包操作步骤如下：

● 打开要打包的文件。

● 单击"Microsoft Office"按钮 ，指向"发布"选项右侧箭头，然后选择子菜单中的"CD 数据包选项"。

● 出现"打包成 CD"对话框。

● 在"将 CD 命名为"框中，为 CD 键入名称。系统默认是打包当前演示文稿，如果要对其它演示文稿打包，单击"添加文件"按钮，使用浏览工具在文本框中添入路径和演示文稿名。如果要删除演示文稿，请选中要删除演示文稿，单击"删除"按钮。如果要更改默认设置，单击"选项"按钮，出现"选项"对话框。

● 如果要禁止演示文稿自动播放，或指定其他自动播放选项，请从"选择演示文稿在播放器中的播放方式"列表中进行选择。如果要包括 TrueType 字体，请选中"嵌入的 TrueType 字体"复选框。如果需要打开打包的演示文稿的密码，请在"打开每个演示文稿时所用密码"旁边输入要使用的密码。如果需要编辑打包的演示文稿的密码，请在"修改每个演示文稿时所用密码"旁边输入要使用的密码。单击"确定"按钮完成"选项"对话框的设置。

● 单击"复制到文件夹"按钮，出现"复制到文件夹"对话框；单击"浏览"按钮，选择文件夹的位置；单击"确定"按钮，结束本次打包。

 上机指导

实习 1　创建演示文稿

1．上机目的

掌握 PowerPoint 2007 的启动方法。

学会切换不同的视图方式，认识 PowerPoint 2007 的界面。

2．上机内容

（1）启动 PowerPoint 2007 的方法。

① 选择"开始"菜单→"程序"→"Microsoft Office"→"Microsoft Office PowerPoint 2007"命令，启动 PowerPoint 2007。

② 如果已经在 Windows Vista 桌面上建立了 PowerPoint 2007 快捷方式图标，双击 PowerPoint 2007 快捷方式图标可以快速启动 PowerPoint 2007。

③ 选择"开始"菜单→"最近使用的项目"，打开一个最近使用的 PowerPoint 2007 演示文稿，可以启动 PowerPoint 2007 应用程序，同时打开指定的演示文稿。

（2）认识 PowerPoint 2007 的界面。

① 使用上述方法，启动 PowerPoint 2007。

② 认识幻灯片编辑区、幻灯片缩略图/大纲列表、备注区、状态栏及一些窗口的基本操作。

③ 认识各视图演示方式。

- 普通视图：包含幻灯片缩略图/大纲列表窗格、幻灯片窗格、备注窗格和其它任务窗格四种窗格。这些窗格用户可以在同一位置使用演示文稿的各种特征。在该方式下，可以输入、查看每张幻灯片的主题、小题以及备注，并且可以移去幻灯片图像和备注页方框，或改变它们的大小。

- 幻灯片浏览视图：单击任务栏上的"幻灯片浏览"视图按钮 ，可以在屏幕上同时看到演示文稿中的所有幻灯片，这些幻灯片是以缩略图显示的。这样可以很容易地在幻灯片之间添加、删除和移动幻灯片以及选择动画切换。

- 幻灯片放映视图：单击任务栏上的"幻灯片放映"视图按钮 ，即可进入幻灯片放映视图使演示文稿中的幻灯片按预定的方式一幅一幅动态地显示出来。在此视图方式下整张幻灯片的内容占满了整个屏幕，这就是演示文稿在计算机上的放映效果，也能体验到动画、视频和声音等多媒体效果。

- 备注页视图：备注页用于为演示文稿中的幻灯片提供备注，单击"视图"选项卡中"演示文稿视图"组中的"备注页"按钮 ，将切换到备注页视图，在该视图方式下可以查看或编辑每张幻灯片的备注信息。

实习 2　编辑演示文稿的基本操作

1．上机目的

了解幻灯片的制作过程。

掌握幻灯片中插入图形和表格的方法。

掌握修改文本颜色的方法。

掌握在某张幻灯片中插入剪贴画的方法。

掌握幻灯片中设置字体的方法。

掌握在幻灯片中插入图表及对图表进行设置的方法。

掌握添加、删除、移动和复制幻灯片的方法。

2．上机内容

（1）建立一个空演示文稿，文件名为"计算机应用基础.pptx"，创建 5 张幻灯片，如图 5.2—5.6 所示。

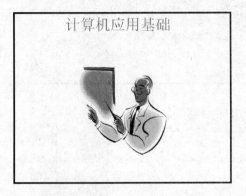

图 5.1　幻灯片 1

1.1 概述

➤ 计算机的发展概况

➤ 计算机的特点

➤ 计算机的分类

➤ 计算机的应用领域

➤ 计算机的发展趋势

图 5.2　幻灯片 2

教学时间分配

章	课程内容	讲课	上机实习	合计
第1章	计算机基础知识	8	4	12
第2章	Windows 2000操作系统	10	8	18
第3章	文字处理软件Word 2000	14	20	34
第4章	电子表格软件Execl 2000	10	10	20
第5章	计算机网络的基本操作与使用	6	8	14
第6章	数据库管理系统VFP	20	20	40
机动		2	2	4
合 计		70	72	142

图 5.3　幻灯片 3

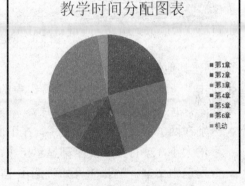

教学时间分配图表

■ 第1章
■ 第2章
■ 第3章
■ 第4章
■ 第5章
■ 第6章
■ 机动

图 5.4　幻灯片 4

1.2 计算机中信息的表示

1.2.1　数制

◆　十进制数：用十个不同的数字符号0，1，2，3，4，5，6，7，8，9来表示，它是逢10进位的。

◆　二进制数：它只有两个不同的数码，即0和1，它是逢2进位的。

◆　八进制数：它有八个不同的数码，即0～7，它是逢8进位的。

◆　十六进制数：它有十六个不同的数码，即0～9，A～F，。它是逢16进位的。

图 5.5　幻灯片 5

① 制作第一张幻灯片。

● 单击窗口左上角的"Microsoft Office"按钮，从出现的菜单中选择"新建"命令，出现"新建演示文稿"对话框。

● 在对话框中，选中"空演示文稿"图标。

● 单击"确定"按钮。

● 出现有上下两个占位符的空白幻灯片，单击上面的占位符，原先的提示文字隐去，输入标题文字"计算机应用基础"，删除下面的占位符，如图 5.6 所示。

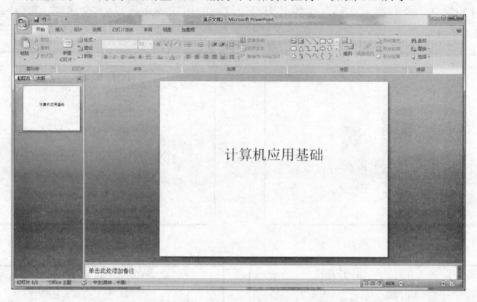

图 5.6　创建第一张幻灯片

② 制作其他幻灯片。

● 单击"开始"选项卡"幻灯片"组中的"新建幻灯片"按钮，出现下拉列表，选择"标题幻灯片"，创建第 2 张幻灯片。

● 分别在两个占位符中输入文字，在下面的占位符中输入文字较多，系统会自动改变文字的大小，使得文字能全部显示出来，也可以拖动边框自由地控制占位符的大小。

● 分别选中文字，选择"开始"选项卡"段落"组中的"项目符号和编号"，设置相应的项目符号，如图 5.7 所示。

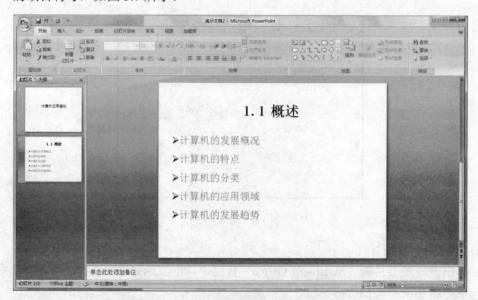

图 5.7　创建第二张幻灯片并在相应的文字上加上项目符号

③ 在幻灯片中插入表格。

- 单击"开始"选项卡"幻灯片"组中的"新建幻灯片"按钮,出现下拉列表,选择"标题和内容"选项,创建第 3 张幻灯片。
- 输入标题文本"教学时间分配"。
- 单击"内容"占位符中的"插入表格"图标,出现"插入表格"对话框,在其中输入列数为 5,行数为 9,确定后即出现一个充满占位符的 9 行 5 列的表格。
- 输入表格中的文本。
- 设置表格文本的字体、字号、字型、对齐方式及表格的线形、颜色、填充效果等,如图 5.8 所示。

图 5.8　创建包含表格的第三张幻灯片

④ 以"计算机应用基础"为名保存文件。

(2) 修改第一张幻灯片的标题颜色。

选中标题文字,单击"开始"选项卡"字体"组中的"字体颜色"按钮,出现下拉列表,选择蓝色。

(3) 在第一张幻灯片中插入剪贴画。

① 单击"开始"选项卡"幻灯片"组中的"版式"按钮,出现下拉列表,选择"标题和内容"选项,单击"内容"占位符中的"剪贴画"图标,出现"剪贴画"任务窗格。

② 在"剪贴画"任务窗格中,选择"管理剪辑…",出现"Microsoft 剪辑管理器"窗口。

③ 单击"Office 收藏集"文件夹中的"人物"文件夹,选择相应的剪贴画,单击"编辑"菜单的"复制"命令或工具栏中的复制按钮

④ 在幻灯片窗格右击鼠标从快捷菜单中选择"粘贴"命令,即可插入剪贴画。

⑤ 适当调整剪贴画的大小和位置,结果如图 5.9 所示。

(4) 修改幻灯片版式。

将第二张幻灯片标题字形设置为"加粗",并改变这张幻灯片版面为"文本与剪贴画"。

① 在普通视图下,选中第二张幻灯片。

② 选中标题文字,单击"开始"选项卡"字体"组中的"加粗"按钮,即可将标题字形设置为"加粗"。

图 5.9 插入剪贴画之后的第一张幻灯片

③ 单击"开始"选项卡"幻灯片"组中的"版式"按钮，出现下拉列表，选择"两栏内容"选项，本张幻灯片版面被修改，如图 5.10 所示。

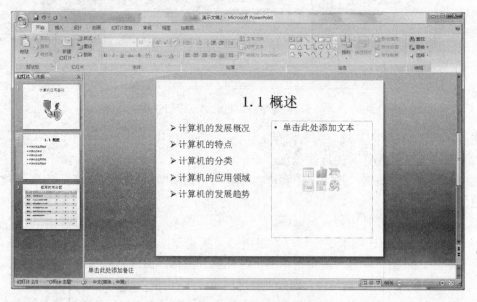

图 5.10 "标题，文本与剪贴画"版式

（5）根据教学时间分配表格建立图表

根据第三张幻灯片的教学时间分配表格建立一张统计图表的幻灯片。

① 单击"开始"选项卡"幻灯片"组中的"新建幻灯片"按钮，出现下拉列表，选择"标题和内容"选项，创建第四张幻灯片。

② 输入标题文本"教学时间分配图表"。

③ 单击"内容"占位符中的"插入图表"图标，出现"插入图表"对话框，选择图表类型为"饼图"，然后单击"确定"按钮，将自动启动 Excel 2007 并创建了一张示例工作表，

④ 右击"图表"出现快捷菜单，选择"编辑数据"，打开数据表，输入数据，后台窗口中已经显示图表，如图 5.11 所示。

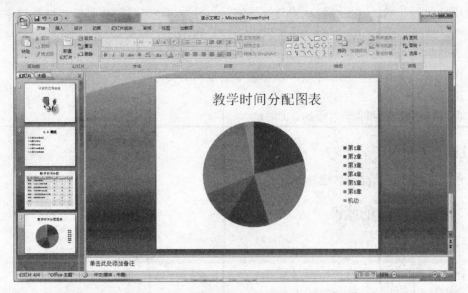

图 5.11　图表

（6）添加、删除、移动幻灯片。

① 添加幻灯片。

● 打开演示文稿。

● 调出第四张幻灯片。

● 单击"开始"选项卡"幻灯片"组中的"新建幻灯片"按钮，出现下拉列表，选择"标题和内容"选项，创建第 5 张幻灯片。

● 单击"开始"选项卡"幻灯片"组中的"版式"按钮，出现下拉列表，选择"标题幻灯片"以更改幻灯片的版式。

● 编辑新幻灯片，在幻灯片窗格单击占位符，输入所需文字。

 注意

插入的幻灯片与其它幻灯片采用同一模板，因此风格保持一致；如果在大纲窗格中将光标放在幻灯片的最前面，将会在本张幻灯片的前面添加新幻灯片。

② 删除幻灯片。

● 在大纲选项卡中单击幻灯片标志，选中要删除的幻灯片。

● 选择工具栏中的剪切按钮 <small>✂</small> 或按下键盘上的"Delete"键，都可以删除该幻灯片。

 注意

系统会弹出对话框要求用户确认删除该幻灯片和备注页及所有图形，如果该幻灯片只含有文本信息，则无提示。

③ 移动幻灯片。

将第四张幻灯片移到第五张幻灯片之后。

- 选中第四张幻灯片。
- 按住鼠标左键拖动幻灯片到第五张幻灯片之后，大纲选项卡中横线表示移到的位置。
- 松开鼠标左键，两张幻灯片即交换了位置。另外，可以将要移动的幻灯片选中，先剪切，然后在目标位置粘贴，也能移动幻灯片到相应的位置。
④ 复制幻灯片。
- 在大纲选项卡中单击幻灯片标志，选中要复制的幻灯片。
- 选择工具栏中的"复制"按钮 📑。
- 在目标位置粘贴即可完成幻灯片的复制。

 注意

也可以将幻灯片粘贴到其它演示文稿中去。

实习3　幻灯片的修饰

1．上机目的

掌握如何设置幻灯片的主题和背景。
掌握幻灯片中各种动画效果的设置方法。
掌握幻灯片切换中翻页动画的设置方法。

2．上机内容

（1）应用设计模板修饰全文。
① 打开演示文稿"计算机应用基础.pptx"。
② 在"设计"选项卡中选择一种合适的幻灯片主题，例如选择"流畅"主题。
③ 选择浏览视图方式浏览应用主题之后的效果，如图5.12所示。

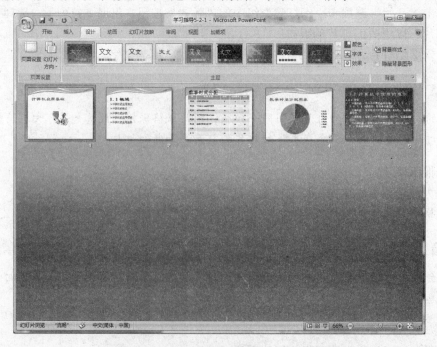

图5.12　以浏览视图方式浏览演示文稿

（2）设置幻灯片的背景。

① 打开演示文稿"计算机应用基础.pptx"。

② 单击"设计"选项卡的"背景"组中的"对话框启动器"按钮 ，出现"设置背景格式"对话框。

③ 在"填充"选项区中选择"渐变填充"，出现渐变填充设置选项。

④ 单击"预设颜色"按钮右侧的下拉箭头，从出现的渐变背景方案列表中选择一种效果，此时可以看到幻灯片背景发生变化。

（3）设置动画效果，并放映。

① 打开演示文稿"计算机应用基础.pptx"。

② 切换到"动画"选项卡，单击"动画"组中的"自定义动画"按钮 ，将出现"自定义动画"任务窗格。

③ 选中第一张幻灯片标题，在"自定义动画"任务窗格中单击"添加效果"图标 ，出现下拉列表，选择"强调"子菜单中的"更改字号"选项，则完成了标题的动画设置。

④ 选中第 2 张幻灯片的文本，在"自定义动画"任务窗格中单击"添加效果"图标 ，出现下拉列表，选择"进入"子菜单中的"百叶窗"选项，则完成了文本的动画设置。

⑤ 单击视图方式按钮中的放映按钮，放映演示文稿观察效果。

（4）设置翻页动画。

① 打开演示文稿"计算机应用基础.pptx"，选中标题为"1.2 计算机中信息的表示"的幻灯片。

② 切换到"动画"选项卡，单击"切换到此幻灯片"组中的"快速样式"列表中"横向棋盘式"切换效果。

③ 单击"切换到此幻灯片"组中的"切换声音"按钮 右侧的下拉箭头，从出现的下拉列表中选择从上一张幻灯片切换到当前幻灯片时出现的声音为"风铃"。

④ 单击"切换速度"按钮 右侧的下拉箭头，从出现的下拉列表中选择切换的速度为"慢速"。

⑤ 放映演示文稿，观察动画效果。

综合练习题 5

1．填空题

（1）PowerPoint 2007 演示文稿的扩展名是＿＿＿＿。

（2）在 PowerPoint 2007 中，＿＿＿＿选项卡的幻灯片版面命令可以用来改变某一幻灯片的布局。

（3）视图方式按钮中提供了＿＿＿＿、＿＿＿＿和＿＿＿＿视图方式切换按钮。

（4）在 PowerPoint 2007 中，能够观看演示文稿的整体实际播放效果的视图模式是＿＿＿＿。

（5）在 PowerPoint 2007 演示文稿中插入多媒体影片时，影片可来自＿＿＿＿中的影片和文件中的影片。

（6）在幻灯片浏览视图中，按住 Ctrl 键，并用鼠标拖动幻灯片，将完成幻灯片的＿＿＿＿

操作。

（7）改变幻灯片的播放顺序，可以利用工具栏上的_____和_____按钮将幻灯片从一个位置移动到另一个位置；也可以直接用鼠标将幻灯片拖动到指定位置。

（8）在 PowerPoint 2007 中，切换到幻灯片浏览视图下，若按住鼠标左键不放，拖动某幻灯片，将完成该幻灯片的_____操作，并更改幻灯片的播放顺序。

（9）在 PowerPoint 2007 中，按钮 $\boxed{A^{\cdot}}$ 代表的是_____。

（10）在 PowerPoint 2007 中，为了对演示文稿的整体外观设计进行修改，可以采用_____选项卡的_____命令进行相应的操作。

（11）演示文稿设计模板的扩展名是_____。

（12）在 PowerPoint 2007 中，按钮 $\boxed{\text{▥}}$ 代表的命令是_____。

（13）若对幻灯片的配色方案进行修改，可单击"设计"选项卡_____按钮进行操作即可。

（14）在 PowerPoint 2007 中，单击"Microsoft Office"按钮 $\boxed{\text{●}}$，指向_____选项右侧箭头，然后选择子菜单中的_____，可以进行演示文稿的打包操作。

（15）幻灯片配色方案有_____、文本和线条、阴影、_____、填充、强调、强调和超级链接、强调和尾随超级链接共 8 种。

（16）在"打印"演示文稿对话框中，其"打印内容"区域的列表中有 4 大项可供用户选择，分别是_____、_____、_____和_____。

（17）在 PowerPoint 2007 中，若要对某幻灯片的一个对象的演示增加声音效果，应该使用"幻灯片放映"选项卡中的_____命令进行设置。

（18）在"自定义动画"中有 4 种效果，分别是_____、_____、_____、_____。

（19）在幻灯片切换中可以从 3 个方面进行设置，它们分别是_____、_____、和_____。

（20）对幻灯片设置动画效果，可以单击_____组的"动画"或"自定义动画"命令。

（21）在 PowerPoint 2007 中，可以利用"幻灯片放映"选项卡中的_____命令，为幻灯片添加解说词。

（22）在打印演示文稿时，在"打印内容"列表框中选择_____选项，可以在单张打印纸上打印多张幻灯片。

2．选择题

（1）下列方法中，不能启动 PowerPoint 2007 的方法是_____。

    A．在桌面上双击一个扩展名为".pptx"文件

    B．单击"开始"按钮，然后双击最近使用的项目菜单中的一个文件

    C．单击"开始"按钮，在"所有程序"菜单中找到"Microsoft Office PowerPoint 2007"应用程序图标并单击

    D．在"资源管理器"中双击一个扩展名为".pptx"文件

（2）启动中文 PowerPoint 2007 的正确操作方法是_____。

    A．单击 Windows 的"开始"菜单的"所有程序"项，在其弹出菜单中单击"Microsoft Office Word 2007"

    B．单击 Windows 的"开始"菜单的"所有程序"项，在其弹出菜单中单击"Microsoft Office Excel 2007"

C. 单击 Windows 的"开始"菜单的"所有程序"项，在其弹出菜单中单击"Microsoft Office PowerPoint 2007"

D. 单击 Windows 的"开始"菜单的"所有程序"项，在其弹出菜单中单击"Microsoft Access"

（3）PowerPoint 2007 演示文稿的扩展名是_____。

　　A．.pptx　　　　　　B．.potx　　　　　　C．.docx　　　　　　D．.xlsx

（4）保存演示文稿时，出现"另存为"对话框，则说明_____。

　　A．该文件做了修改　　　　　　　　B．该文件不能保存

　　C．该文件未保存过　　　　　　　　D．该文件已经保存过

（5）保存一个新演示文稿的常规操作是_____。

　　A．单击窗口左上角的"Microsoft Office"按钮，在出现的菜单中选择"保存"命令，在"另存为"对话框的"文件名"框中输入新名字及选择适当的磁盘驱动器、文件夹，最后单击"确定"按钮

　　B．单击窗口左上角的"Microsoft Office"按钮，在出现的菜单中选择"保存"命令，在"另存为"对话框的"文件名"框中输入新名字及选择适当的磁盘驱动器，最后单击"确定"按钮

　　C．单击窗口左上角的"Microsoft Office"按钮，在出现的菜单中选择"保存"命令，在"另存为"对话框的"文件名"框中输入新名字，最后单击"确定"按钮

　　D．单击窗口左上角的"Microsoft Office"按钮，在出现的菜单中选择"保存"命令，在"另存为"对话框的"文件名"框中输入新名字及选择适当的磁盘驱动器、文件夹及文件类型，最后单击"确定"按钮

（6）打开一个已经存在的演示文稿的常规操作是_____。

　　A．单击窗口左上角的"Microsoft Office"按钮，在出现的菜单中选择"文件"命令，在其对话框的"文件名"框中选择需要打开的演示文稿，最后单击"取消"按钮

　　B．单击窗口左上角的"Microsoft Office"按钮，在出现的菜单中选择"文件"命令，在其对话框的"文件名"框中选择需要打开的演示文稿，最后单击"确定"按钮

　　C．单击窗口左上角的"Microsoft Office"按钮，在出现的菜单中选择"打开"命令，在"打开"对话框的"文件名"框中选择需要打开的演示文稿，最后单击"取消"按钮

　　D．单击窗口左上角的"Microsoft Office"按钮，在出现的菜单中选择"打开"命令，在"打开"对话框的"文件名"框中选择需要打开的演示文稿，最后单击"打开"按钮

（7）在 PowerPoint 2007 窗口中，视图方式按钮位于_____。

　　A．功能区的下面　　　　　　　　B．演示文稿窗口的上方

　　C．状态栏的右面　　　　　　　　D．演示文稿窗口的左下方

（8）PowerPoint 2007 标题栏位于_____，用来显示 Microsoft PowerPoint 2007 和当前演示文稿的名称。

　　A．快速访问工具栏的下面　　　　B．演示文稿窗口的顶部

　　C．PowerPoint 2007 窗口的右面　　D．演示文稿窗口的左下方

（9）在标题栏的左侧是_____，它包含若干命令：新建、打开、保存、撤销和恢复等。

    A．控制菜单按钮　　　　　　　　B．快捷访问工具栏

    C．菜单栏　　　　　　　　　　　D．常规任务栏

（10）_____包含一组菜单，各菜单均含有若干命令。利用这些命令可以进行大多数的 PowerPoint 2007 操作。

    A．控制菜单按钮　　　　　　　　B．快捷工具栏

    C．菜单栏　　　　　　　　　　　D．常规任务栏

（11）下列视图模式中，不属于 PowerPoint 2007 的视图模式的是_____。

    A．幻灯片视图　　B．大纲视图　　　C．窗口视图　　　D．备注页视图

（12）在 PowerPoint 2007 中需要帮助时，可以按快捷键_____。

    A．F8　　　　　B．F1　　　　　C．F7　　　　　D．F2

（13）在 PowerPoint 2007 中，安排幻灯片对象的布局可选择_____来设置。

    A．应用设计模板　　　　　　　　B．幻灯片版式

    C．背景　　　　　　　　　　　　D．配色方案

（14）选择"空白演示文稿"模板建立演示文稿时，下面叙述正确的是_____。

    A．可以不在"新幻灯片"对话框中选定一种自动版式

    B．必须在"新幻灯片"对话框中选定一种自动版式

    C．单击"快捷访问"工具栏中的"新建"按钮，然后直接输入文本内容

    D．单击窗口左上角的"Microsoft Office"按钮，在出现的菜单中选择"新建"命令，
然后在"常用"对话框中选择"空演示文稿"模板后，可直接输入文本内容

（15）下列操作中，不能退出 PowerPoint 2007 的操作是_____。

    A．双击 PowerPoint 2007 窗口的"Microsoft Office"按钮

    B．单击"Microsoft Office"按钮，选择的"关闭"命令

    C．按快捷键 Alt+F4

    D．按快捷键 Alt+F1

（16）在演示文稿中需增设一张幻灯片的方式是_____。

    A．选择"开始"选项卡中的"新建幻灯片"命令或按 Ctrl+M 快捷键

    B．选择"开始"选项卡中的"新建幻灯片"命令或按 Ctrl+N 快捷键

    C．选择"插入"选项卡中的"新建"命令或按 Ctrl+M 快捷键

    D．选择"插入"选项卡中的"新建"命令或按 Ctrl+N 快捷键

（17）使用_____选项卡中的"背景样式"按钮，可以改变幻灯片的背景。

    A．插入　　　　B．设计　　　　C．开始　　　　　D．布局

（18）要使所有幻灯片有统一的背景，应该采用的常规方法是_____。

    A．单击"设计"选项卡"背景"组的对话框启动器按钮，在"设置背景格式"对
话框中进行设置后单击"全部应用"按钮

    B．单击"设计"选项卡"背景"组的对话框启动器按钮，在"背景"对话框中进
行设置后单击"应用"按钮

    C．执行"设计"选项卡中的"应用设计模板"命令

    D．执行"开始"选项卡中的"幻灯片配色方案"命令，在"幻灯片配色方案"对
话框中进行设置后单击"应用"按钮

（19）在幻灯片上插入的图片，_____。

    A．只能从 PowerPoint 2007 的剪贴图片库中选取

    B．PowerPoint 2007 不带图片库，只能从其他软件中选取

    C．除了从 PowerPoint 2007 的剪贴图片库中选取外，还可以从其他软件中选取

    D．自画的图片不能插入到 PowerPoint 2007 的图片库中去

（20）下列操作中，不能在幻灯片上创建剪贴画的操作是_____。

    A．执行"插入"选项卡"插图"组中的"剪贴画"命令项

    B．单击"插入剪贴画"按钮

    C．使用画图工具绘制

    D．选定含有剪贴画的版式，然后双击剪贴画占位符

（21）在 PowerPoint 2007 中，对于插入的来自文件的图片，以下说法中有错误的是_____。

    A．可以删除图片

    B．可以把图片拷贝到剪贴板

    C．图片是由其他应用程序生成的，在 PowerPoint 2007 中，不能改变图片的大小

    D．可以用鼠标移动图片

（22）在 PowerPoint 2007 中，PowerPoint 2007 为用户提供了一个_____，用于编辑剪贴画及图片。

    A．"图片工具"选项卡　　　　　B．控制工具栏

    C．绘图工具栏　　　　　　　　　D．自动图文集

（23）在幻灯片视图方式下，使制作的幻灯片具有"标题"，正确的操作是_____。

    A．单击"插入"选项卡中的"文本框"按钮，然后在新建立的文本框内输入标题内容

    B．单击"开始"选项卡中的"新建幻灯片"按钮，选择带有标题版式

    C．单击"开始"选项卡中的"新建幻灯片"按钮，选择"空白"的版式

    D．单击"插入"选项卡中的"新建幻灯片"按钮，选择"大型对象"的版式

（24）剪切幻灯片，首先要激活当前幻灯片，然后_____。

    A．单击"开始"选项卡的"清除"命令

    B．单击"开始"选项卡的"剪切"命令

    C．按住 Shift 键，然后拖放控制点

    D．按住 Ctrl 键，然后拖放控制点

（25）PowerPoint 2007 中的按钮 ▣ 代表_____命令。

    A．插入图片　　　B．插入表格　　　C．插入新幻灯片　　　D．插入图表

（26）在 PowerPoint 2007 中，改变项目符号可选择_____组中的"项目符号"按钮。

    A．字体　　　　　B．段落　　　　　C．编辑　　　　　D．文本

（27）在演示文稿编辑中，若要选定全部对象，可按快捷键_____。

    A．Shift+A　　　　B．Ctrl+A　　　　C．Shift+C　　　　D．Ctrl+C

（28）在调整幻灯片中的字体颜色，下面操作中错误的一项是_____。

    A．单击"开始"选项卡中的"版式"按钮

    B．单击"设计"选项卡中的"颜色"按钮

    C．单击"开始"选项卡中的"字体颜色"按钮

    D．单击"开始"选项卡中的"替换字体"命令

（29）设置幻灯片的切换方式，可以单击_____选项卡中的"切换到此幻灯片"组中的各命令来进行。

  A．动画   B．设计   C．开始   D．幻灯片放映

（30）要实现幻灯片之间的跳转，可采用的方法是_____。

  A．设置预设动画   B．设置自定义动画

  C．设置幻灯片切换方式   D．设置动作按钮

（31）在组织结构图窗口中，如果要为某个部件添加若干个分支，则应选择_____按钮。

  A．经理   B．助理   C．部下   D．同事

（32）下列选项中，不能作为 PowerPoint 2007 演示文稿的插入对象的是_____。

  A．Word 文档 B．Excel 工作薄 C．图象   D．Windows Vista

（33）在 PowerPoint 2007 中，可以对幻灯片进行移动、删除、复制、设置动画效果，但不能对单独的幻灯片的内容进行编辑的视图是_____。

  A．幻灯片视图 B．大纲视图 C．幻灯片浏览视图 D．普通视图

（34）在 PowerPoint 2007 中，按钮 代表_____命令。

  A．插入艺术字 B．增大字号 C．显示格式   D．减少字号

（35）使用 PowerPoint 2007 时，在大纲视图方式下，输入标题后，再要输入文本，下面操作正确的是_____。

  A．输入标题后，按 Enter 键，再输入文本

  B．输入标题后，按 Ctrl+Enter 键，再输入文本

  C．输入标题后，按 Shift+ Enter 键，再输入文本

  D．输入标题后，按 Alt+ Enter 键，再输入文本

（36）在 PowerPoint 2007 窗口下使用"大纲"视图，不能进行的操作是_____。

  A．对图片、图表、图形等进行修改、删除、复制和移动

  B．对幻灯片的顺序进行调整

  C．对标题的层次和顺序进行改变

  D．对标题和文本进行删除或复制

（37）在幻灯片浏览视图方式下，复制幻灯片，执行"粘贴"命令，其结果是_____。

  A．将复制的幻灯片"粘贴"到所有幻灯片的前面

  B．将复制的幻灯片"粘贴"到所有幻灯片的后面

  C．将复制的幻灯片"粘贴"到当前选定的幻灯片之后

  D．将复制的幻灯片"粘贴"到当前选定的幻灯片之前

（38）对灯片上的对象设置动画效果，下面叙述中正确的一项是_____。

  A．单击"动画"选项卡的"自定义动画"命令，可以给幻灯片内所选定的每一个对象分别设置"动画效果"和"动画顺序"

  B．单击"动画"选项卡的"自定义动画"命令，仅给除标题占位符以外的其他对象进行设置"动画效果"和"动画顺序"

  C．单击"动画"选项卡的"动画"命令，仅给除标题占位符以外的其他对象进行设置"动画效果"和"动画顺序"

  D．单击"动画"选项卡的"动画"命令，可以给幻灯片内所选定的每一个对象分别设置"动画效果"和"动画顺序"

（39）选定演示文稿，需要进行_____的操作，方能改变该演示文稿的整体外观。

A．单击"插入"选项卡的"自动更正"按钮

B．单击"开始"选项卡中的"自定义"按钮

C．单击"设计"选项卡中的"主题"组的各命令按钮

D．单击"开始"选项卡中的"版式"按钮

（40）演示文稿中每张幻灯片都是基于某种_____创建的，预定义了新建幻灯片的名种占位符布局情况。

A．视图　　　　B．版式　　　　C．母版　　　　D．模板

（41）在幻灯片母版视图下_____可以反映在幻灯片的实际放映中。

A．设置的标题颜色　　　　　　B．绘制的图形

C．插入的剪贴画　　　　　　　D．以上均可

（42）在 PowerPoint 2007 中，要同时选定多个图形，可以先按住_____键，再用鼠标单击要选定的图形对象。

A．Shift　　　　B．Tab　　　　C．Alt　　　　D．Ctrl

（43）在"空白幻灯片"中不可以直接插入_____对象。

A．文本框　　　B．图片　　　　C．文本　　　　D．艺术字

（44）PowerPoint 2007 文档不可以保存为_____文件。

A．演示文稿　　B．文稿模版　　C．Web 页　　　D．纯文本

（45）当幻灯片中插入了声音后，幻灯片中将出现_____。

A．喇叭标记　　B．链接按钮　　C．文字说明　　D．链接说明

（46）在_____视图下能显示幻灯片中插入的图片对象。

A．幻灯片浏览　B．幻灯片放映　C．普通　　　　D．以上都可以

（47）在编辑幻灯片内容时，首先应_____。

A．选择编辑对象　　　　　　　B．选择"幻灯片浏览视图"

C．选择工具栏按钮　　　　　　D．选择"开始"选项卡

（48）在 PowerPoint 2003 中，若想设置幻灯片中对象的动画效果，应选择_____。

A．普通幻灯片视图　　　　　　B．幻灯片浏览视图

C．幻灯片放映视图　　　　　　D．以上均可

（49）下列有关幻灯片页面版式的描述，不正确的是_____。

A．幻灯片应用模板一旦选定，就不可以更改

B．幻灯片的大小尺寸可以更改

C．一篇演示文稿中只允许使用一种母版格式

D．一篇演示文稿中不同幻灯片的配色方案可以不同

（50）要改变幻灯片的顺序，可以切换到"幻灯片浏览"视图，单击选定的_____将其拖动到新的位置即可。

A．文件　　　　B．幻灯片　　　C．图片　　　　D．模板

（51）PowerPoint 2007 的运行环境是_____。

A．DOS　　　　B．Windows XP　C．UCDOS　　　D．高级语言

（52）PowerPoint 2007 属于_____。

A．高级语言　　B．诊断软件　　C．系统软件　　D．应用软件

（53）在 PowerPoint 2003 中，若想同时查看多张幻灯片，应选择_____视图。

    A．备注页   B．大纲   C．幻灯片   D．幻灯片浏览

3．判断题

（1）PowerPoint 2007 的应用特点是制作屏幕演示文稿、制作讲义和制作文本。（   ）

（2）PowerPoint 2007 中的图片可以来自剪辑库和指定文件。   （   ）

（3）在演示文稿中增加一张幻灯片的方法是单击"插入"选项卡"幻灯片"组中的"新建幻灯片"按钮。   （   ）

（4）在 PowerPoint 2007 幻灯片中插入的对象，可以是 Excel 的图表和 Word 文档。（   ）

（5）建立一个新的演示文稿，可以单击"快速访问"工具栏中的"新建"按钮。（   ）

（6）单击窗口左上角的"Microsoft Office"按钮，在出现的菜单中选择"发送"命令，可以将当前演示文稿作为电子邮件的正文内容发送出去。   （   ）

（7）对新演示文稿存盘的方法有：完成对新文稿的编辑后，单击窗口左上角的"Microsoft Office"按钮出现菜单，选择"保存"命令选项或"另存为"命令选项或按"保存"命令的快捷键 Ctrl+S 键。   （   ）

（8）可以查看演示文稿文档结构的视图方式是浏览视图。   （   ）

（9）在幻灯片放映视图中可以对幻灯片内容进行编辑。   （   ）

（10）在幻灯片放映视图下可以显示幻灯片中插入的对象。   （   ）

（11）在"空白幻灯片"中可直接插入图片、组织结构图对象。   （   ）

（12）PowerPoint 2007 提供了演讲者放映、幻灯片浏览等不同的放映幻灯片的方式。

    （   ）

（13）PowerPoint 2007 提供了普通视图、幻灯片视图和观众自行浏览及幻灯片放映视图。

    （   ）

（14）普通视图包含 3 种窗格：大纲窗格、组织结构窗格和备注窗格。   （   ）

（15）选择演示文稿演示方式有大纲、Web 演示文稿、备注等。   （   ）

4．简答题

（1）什么是演示文稿？它和幻灯片有何区别和联系？

（2）PowerPoint 2007 提供了哪几种视图方式？他们各用于什么场合？

（3）举例说明创建演示文稿的方法。

（4）简述幻灯片的一般编辑方法。

（5）如何制作文本幻灯片？

（6）如何制作图片幻灯片？

（7）如何制作表格幻灯片？

（8）什么是母板？如何编辑母板？

（9）如何设置幻灯片的页眉和页脚？

（10）如何改变演示文稿的外观？

（11）如何设置幻灯片的切换效果？

（12）怎样设置幻灯片的放映方式？如何放映幻灯片？

第6章 计算机网络的基本操作与使用

 内容概要

1．计算机网络发展、组成、功能

（1）计算机网络的发展可分为四个阶段：以单个计算机为中心的远程联机系统，构成面向终端的计算机网络；多个主计算机通过线路互联的计算机网络；具有统一的网络体系结构、遵循国际标准化协议的计算机网络；千兆位网络。

（2）计算机网络可划分为两种子网：资源子网和通信子网。

（3）计算机网络的实现，为用户构造分布式的网络计算提供了基础。它的功能主要表现在以下三个方面硬件：资源共享；软件资源共享；用户之间的信息交换。

2．网络的协议与体系

OSI/RM 全称为开放系统互连参考模型简，称为 OSI。OSI 参考模型中采用了 7 个层次的体系结构，可以分为高层、中层、低层。高层（应用层、表示层、会话层）论述的是应用问题，并且通常只以软件的形式来实现，应用层最接近用户，用户和应用层通过网络应用软件相互通信。中层（传输层、网络层）负责处理数据传输的问题，把数据包穿过所有网络，实现端到端的传输。低层（数据链路层、物理层）负责网络链路两端设备间的数据通信，物理层和数据链路层的功能主要由硬件实现。

TCP/IP 是传输控制协议/互联网协议的缩写。但是它不仅仅只代表这两种协议，而是代表一个协议族、一个网络结构体系。TCP/IP 体系是国际互联网络 Internet 上使用的著名协议，是实现网络互连的核心，是必不可少的协议，包括四层：应用层、传输控制层、TCP/UDP、网际层（IP）和网络接口层。其中 TCP 和 IP 是 TCP/IP 体系中两个非常重要的协议，TCP 是传输控制协议，IP 是网际协议。

3. 网络的分类

（1）按照规模大小和延伸范围来分类，把计算机网络划分为局域网（LAN）、城域网（MAN）和广域网（WAN）。

（2）按照网络的拓扑结构来划分，则计算机网络可以分为星形网、环形网、总线型网、树形网、混合型网、网形拓扑网。

（3）通信传输的介质来划分，则计算机网络可以分为双绞线网、同轴电缆网、光纤网、无线网和卫星网等。

（4）按照信号频带占用方式来划分，则计算机网络又可以分为基带网和宽带网。

（5）按照网络的使用范围来划分，由计算机网络又可分为公用网和专用网。公用网一般是国家电信或其他提供通信服务的部门组建的网络，为全社会的人提供服务。例如中国的ChinaNet、Uninet、Cmnet 就是公用网，它为公众开放；而专用网是为某部门的特殊业务工作需要而组建的网络。不向外单位的人提供服务，例如军队、铁路等系统均为专用网。

（6）按照网络的物理结构和传输入技术来划分，计算机网络又可分为点对点式网络和广播式网络。点对点式网络的拓扑结构又分为星形、环形、树形、完全互联网、相交环形和不规则型等。广播式网络又分为总线型、环形和卫星网等。

4. 计算机网络硬件

计算机网络硬件包括双绞线、光纤、计算机网络终端设备（网卡）、集线器、路由器和调制解调器等。

5. Internet 客户机/服务器模式

Internet 上使用了一种单一的客户机/服务器计算模式，它的基础就是分布式计算。这种计算模式的思想很简单，Internet 上的某此计算机提供一种其他计算机可以访问的服务。例如，某些服务器管理着文件，而一个客户程序便能与该服务器连接，请求访问服务器，拷贝其中一个文件，在 Internet 中，这类服务器称为 FTP 服务器。

IP 地址：网际协议地址（即 IP 地址）是为标识 Internet 上主机位置而设置的。

6. Internet 的接入方式

Internet 接入方式分为专线接入 Internet、通过局域网接入 Internet、通过 ISDN 连接上Internet 和宽带接入 Internet。

7. Internet 的基本操作

（1）使用调制解调器拨号上网的设置。

① 安装拨号网络。

② 设置拨号网络。

③ 网络的连接。

（2）收发 E-mail（E-mail 服务）。

电子邮件的基础知识：

电子邮件（E-mail）服务是 Internet 所有信息服务中用户最多和接触面最广泛的一类服务。电子邮件不仅可以到达那些直接与 Internet 连接的用户以及通过电话拨号可以进入 Internet 结点的用户，还可以用来同一些商业网（如 CompuServe，America Online）以及世界范围的其它计算机网络（如 BITNET）上的用户通信联系。

电子邮件的一般格式：（登录名）@（主机名）.域名。

收发电子邮件。

（3）网页浏览与下载。

① 使用搜索引擎进行指定内容的网络搜索

② 从网络中进行应用软件的下载操作

8．校园网的总体规划与设计

校园网是在学校范围内，在一定的教育思想和理论指导下，为学校教学、科研和管理等教育提供资源共享、信息交流和协同工作的计算机网络。在我国，近年来校园网建设发展迅速，到目前为止仅在我国中小学就有近 6000 所学校建设了校园网。它们为我国中小学内部实现教育的资源共享、信息交流和协同工作提供了较好的范例。然而，随着我国各地校园网数量的迅速增加，校园网之间如何实现教育的资源共享、信息交流和协同工作的要求越来越强烈。

在校园网范围内，我们把组成校园网的具有上述特定功能的基本单元称为信息点。信息点建设可以基于学校一台计算机建设，也可以基于学校一个网络教室建设，还可以基于校园网来建设。

构建自己的校园局域网，实现网络功能，并不是光有技术和产品就可以的，作为一项工程，要达到目的，必须有一个全盘的设计目标。局域网的建立还应当遵循软件工程的方法，即先要有"规划"和"创意"，再研究"软件"模块的功能设计，最后确定必需的硬件和网络设备的配置。

（1）需求分析。

在建立校园网时，要做的第一步就是"需求分析"。这在系统建设和开发过程中具有重要的意义。需求分析工作包括对现状和经济效益的双重考虑，其具体内容有：建立局域网的目的，局域网的功能、性能要求、原有基础、计划内的投资规模以及用户所具有开发能力等。

（2）系统设计。

正确的系统设计原则来自于对现有条件和实际需求的正确分析，它建立在第一步需求分析的基础上，根据分析报告的结果进行系统的总体规划。系统设计可以按以下步骤进行：逻辑结构设计—功能设计—性能设计—施工设计—经费估算—进度计划。另外，还应根据用户自身的特点，充分利用现有资源优化系统设计，使其具有较高的性价比。

（3）硬件选型。

硬件选型是网络系统建设中的重要环节，设备的选型要切合实际，根据用户应用情况量力而行。当然，所选设备还应具有先进性。

（4）软件选型。

一套出色的网络软件不仅能充分发挥网络的性能，同是还能最大限度地加强网络管理与安全控制的有效性。用户可以根据自身建网要求及其侧重点的不同，选择合适的软件。

（5）系统实现。

系统实现是指建立局域网的各项具体工作。如：网络连接、线路敷设、服务器或工作站的安装与测试、各种网络软件的安装与调试。

（6）系统测试和试运行。

对局域网的各项功能及性能指标进行测试，以检验是否达到预期要求，并进行一段时间的试运行。

（7）验收。

验收局域网的各项成果，并正式交付用户使用。

（8）系统管理。

在后期用户对系统的使用过程中，对系统状况进行监视和日常维护，出现问题立即加以解决。

组建局域网的一般流程如图 6.1 所示。

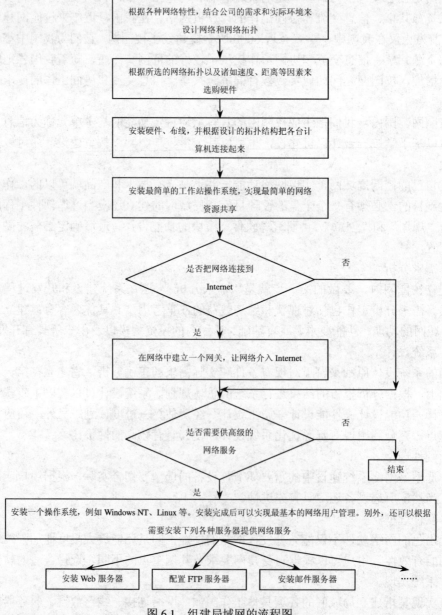

图 6.1　组建局域网的流程图

9．校园局域网的规划

在组建校园网之前，应先对要组建的网络有一个基本的构想和规划，包括网络拓扑结构、局域网的三种形式和选择搭建局域网结构及形式的原则。下面，以某校的校园网为例，分别阐述与局域网规划相关的内容。

（1）网络拓扑结构。

网络中各个节点相互连接的方法和方式，就称为网络拓扑（Topology）。简单的说，就是计算机网络的连接方式。

网络常用的拓扑结构有总线型拓扑、星型拓扑和环型拓扑三种。除非只有几台计算机联网，否则很少使用单一的网络拓扑结构，二种或二种以上网络拓扑结构混合使用的拓扑结构，即网状结构。图 6.2 为某校的校园网的拓扑结构图。

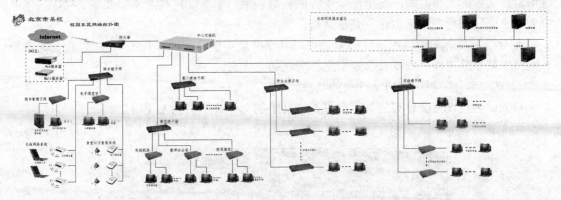

图 6.2　校园网拓扑结构图

如图 6.2 所示：这个校园网所采用的网络拓扑结构是典型的混合型网络结构，即由总线型网络拓扑结构和星型网络拓扑结构混合使用，其中主要采用的是星型拓扑结构。采用星型网络主要有以下优缺点：

优点：可以利用中央结点方便地提供服务和重新配置网络；单个连接点的故障只影响一个设备，不会影响全网，容易检测和隔离故障，便于维护；任何一个连接只涉及中央结点和一个站点，因此控制介质访问的方法很简单，从而访问协议也很简单。

缺点：每个站点直接与中央结点相连，需要大量的电缆，因此费用较高；如果中央结点产生故障，则全网不能工作，所以对中央结点的可靠性和冗余度要求很高。

在上面这个例子中，该校园中共存在五幢建筑物，分别为：综合楼、教工宿舍楼、教学楼、学生公寓楼和实验楼。由于主干网要求数据的传输效率较快，网络中心采用的为千兆主干交换机。用于和各个位置的子网进行连接，各子网作为支干线采了千兆支干交换机。用于与各个部门和楼层的交换机进行连接。接入层采用 10M/100M 自适应交换到桌面。内部网服务器采用总线型的结构进行连接，连接到交换机。内部网的用户可以通过防火墙接入 Internet。

（2）局域网的三种形式。

常见的局域网类型有三种：对等网、工作站/服务器网络和无盘工作站网络。

上例中的网络是典型的工作站/服务器网络，在这样的网络中，计算机可划分为服务器和客户机，引进层次结构，是为了适应网络规模增大所需的各种支持功能而设计的。这样的网络保密性较强；可以严格的对每个工作站用户设置访问权限；可靠性强。主要用于需要保密环境或需要更统一地管理网络资源。

（3）局域网中通信协议和网络操作系统的选择。

局域网中一般使用的通信协议一般有 NetBEUI、IPX/SPX 和 TCP/IP 三种协议。网络操作系统一般使用 Windows 系列操作系统，但也有用 NetWare、Linux 和 Unix 等操作系统。上文提到校园网中，网络操作系统大都采用 Windows 系统。

10. 校园网的应用

（1）在网络中共享文档及设置共享权限。

实现资源共享是校园网提供的基本功能之一，这样能够在网上为学校教学、科研、管理提供信息资源服务，能为计划、组织、管理与决策提供基础信息和科学手段。这些共享的资源包括磁盘、文件夹、打印机等，一旦将这些资源共享，在线的其他人即可通过网络使用，既可节省大量的工作时间，还可保证资源的有效利用。那么如何在网络中共享文档呢？下面我们就来介绍如何在网络中建立共享文档。

在网络中共享文档：在计算机中最可以共享的最小资源为"文件夹"。所以，如果希望在网络中共享某文档，则要共享这个文档所在的文件夹。

① 在一台计算机中设置文件夹的共享。

目的：通过设置文件夹的共享状态，将其中的文件共享供他人使用。

● 单击"Windows 桌面"上"我的电脑"图标，打开"我的电脑"窗口，如图 6.3 所示。

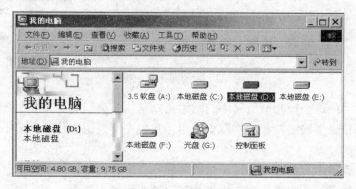

图 6.3　我的电脑

● 双击待共享的盘符，如"本地磁盘（D）"窗口，其中显示该磁盘中已建立的若干文件夹。
● 用鼠标右键单击待共享的文件夹，如"教学资料"，显示快捷菜单，如图 6.4 所示。

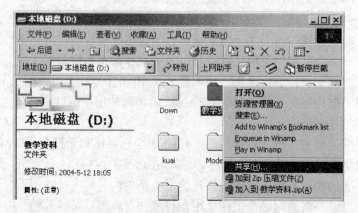

图 6.4　"教学资料"快捷菜单

- 单击快捷菜单的"共享"命令，显示"教学资料"属性对话框，如图 6.5 所示。
- 选中"共享该文件夹"区的单选项，激活"共享名"框，其中默认显示着该文件夹的名称，如"教学资料"。
- 单击"确定"按钮，返回"我的电脑"窗口。"教学资料"文件夹图标变形，显示为手托文件夹，如图 6.6 所示，表示已将其设为共享状态。

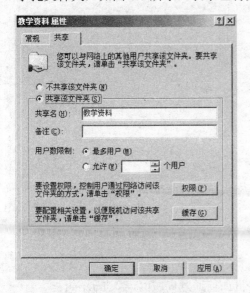

图 6.5　"教学资料"属性对话框　　　　图 6.6　"教学资料"文件夹共享

完成以上设置，网络中的其他计算机便可以查看和使用其中的文件了。

② 在网络中查看共享资源。

- 继续前列（保持设置共享文件夹的计算机在线）。然后，启动另一台计算机。
- 单击 Windows XP 桌面上的"网上邻居"图标，显示相应对话框。
- 单击"整个网络"命令后，沿计算机名称，找到上述共享文件夹，如"教学资料"相应文档将显示在窗口中。

（2）资源共享权限及权限设置。

凡设置了共享文件夹，网络中所有成员均可使用。所以，在方便共享的同时，也产生了安全问题。根据这一问题，系统提出了共享权限功能。该项功能可以将资源共享给特定对象，这些对象使用密码使用共享资源。

目的：按指定的权限使用共享资源，以保证网络数据或信息安全。

例：为前面创建的共享文件夹"教学资料"设置"读取"权限，以免他人更改其中的文件。

操作步骤：

- 用鼠标右键单击待设置共享权限的文件，如"教学资料"，弹出快捷菜单，选择"共享"命令，显示"教学资料"属性对话框，如图 6.7 所示。
- 单击"权限"按钮，弹出"教学资料的权限"对话框。"名称"默认的只有一个用户组"Everyone"，且权限为完全控制，如图 6.8 所示。
- 通过"权限"区选择相应权限。单击"完全控制"和"更改"项的"允许"复选框，取消确认标记"√"。
- 单击"确定"按钮，完成权限设置。

　　此后，网络中的任意用户打开"教学资料"文件夹时，均只能"读取"该文件夹中内容，而不能更改或者做其他工作，有效地控制了其中文件的安全性。

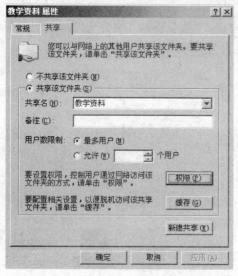
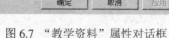
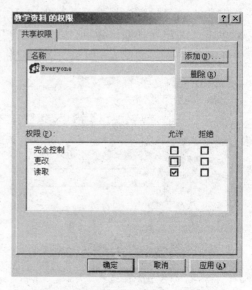

　　　　图 6.7　"教学资料"属性对话框　　　　　　　图 6.8　"教学资料的权限"对话框

（3）通过校园网访问 Internet

　　下面以某校的校园网为例，说明客户计算机如何通过局域网连入 Internet。

　　客户端计算机如果从授课教室的接入点连入 Internet，那么用户应如何设置、如何连入 Internet 呢？在上面的实例中，教学楼的支干网中存在代理服务器，用于管理本子网中各个客户端。而每个接入点的 IP 地址是由校园网的网络管理员来静态分配的。设置客户端操作步骤如下：

● 在键单击桌面上的"网上邻居"图标，选择"属性"命令，打开"网络"窗口，如图 6.9 所示。

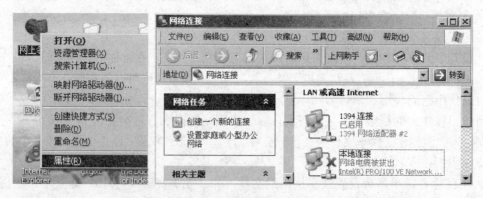

图 6.9　"网络连接"窗口

　　右键单击窗口的"本地连接"图标，选择"属性"命令，显示本地连接属性对话框，选中"Internet 协议（TCP/IP）"前的复选框，选择"Internet 协议（TCP/IP）"项，单击"属性"按钮，如图 6.10 所示。

● 显示"Internet 协议（TCP/IP）属性"对话框，在"IP 地址"框中输入"192.168.10.56"（由管理员分配），在子网掩码中输入"255.255.255.0"，在网关中输入"192.168.10.2"，

在"首选 DNS 服务器"框中输入"192.168.10.2"，如图 6.11 所示。单击"确定"按钮，即完成设置。

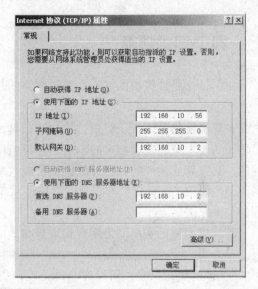

图 6.10　"本地连接属性"对话框　　　　　图 6.11　"Internet 协议（TCP/IP）属性"对话框

代理服务器设置：

● 选择"开始"→"设置"→"控制面板"→"Internet 选项"双击打开。

● 显示"Internet 属性"对话框，如图 6.12 所示，先后选择"连接"选项卡，选择"局域网设置"，并单击。

● 打开"局域网（LAN）设置"对话框，如图 6.13 所示，在"为 LAN 使用代理服务器（X）"的"地址"中输入"192.168.5.11"（代理服务器地址），在"端口"中输入"80"，点击"确定"完成设置。这些代理服务器的地址和端口地址都是在设置之前由网络管理员告知。

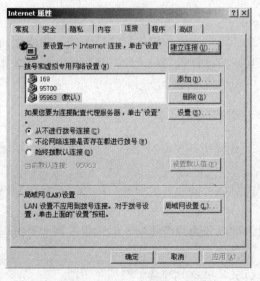

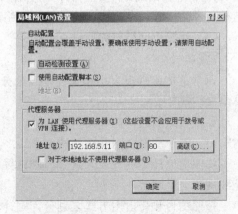

图 6.12　"Internet 属性"对话框　　　　　图 6.13　"局域网（LAN）设置"对话框

设置完成后，就直接可以点击"Internet Explorer"图标进行上网冲浪了。在校园网的任何一个终端客户机上都可以通过局域网的设置，访问 Internet 了。

 典型习题精解

（1）什么是计算机网络？计算机网络的功能如何？

答：

计算机网络是现代计算机技术与通信技术密切结合的产物，是随着社会对信息共享和信息传递的要求全面发展起来的。所谓计算机网络就是利用通信线路和通信设备将不同地理位置的、具有独立功能的多台计算机系统或共享设备互连起来，配以功能完善的网络软件（即网络通信协议、信息交换方式及网络操作系统等），使之实现资源共享、信息传递和分布式处理的整个系统。

计算机网络的实现，为用户构造分布式的网络计算提供了基础。它的功能主要表现在以下三个方面：

① 硬件资源共享。可以在全网范围内提供对处理资源、存储资源、输入输出资源的共享，特别是对一些较高级和昂贵的设备（如巨型计算机）、具有特殊功能的处理部件（如高分辨率的激光打印机、大型绘图仪）、以及大容量的外部存储器等。从而使用户节省投资，以便于集中管理，均衡分担负荷。

② 软件资源共享。允许 Internet 上用户远程访问各种类型的数据库，可以得到网络文件传送服务、远程管理服务和远程文件访问，从而可以避免软件研制上的重复劳动以及数据资源的重复存储，便于集中管理。

③ 用户之间的信息交换。计算机网络为分布在各地的用户提供了强有力的通信手段。可以通过计算机网络传送电子邮件，发布新闻消息和进行电子数据交换（EDI），极大地方便了用户，提高了工作效率。

（2）计算机网络的发展可分为哪几个阶段？

答：

计算机网络的发展可分为四个阶段：以单个计算机为中心的远程联机系统，构成面向终端的计算机网络阶段；多个主计算机通过线路互联的计算机网络阶段；具有统一的网络体系结构、遵循国际标准化协议的计算机网络阶段；千兆位网络阶段。

（3）计算机网络是如何进行分类的？

答：

通常是按照规模大小和延伸范围来分类，把计算机网络划分为局域网（LAN）、城域网（MAN）和广域网（WAN）。

如果按照网络的拓扑结构来划分，则计算机网络可以分为星形网、环形网、总线型网、树形网、混合型网、网状拓扑网。

按照通信传输的介质来划分，则计算机网络可以分为双绞线网、同轴电缆网、光纤网、无线网和卫星网等。

按照信号频带占用方式来划分，则计算机网络又可以分为基带网和宽带网。

按照网络的使用范围来划分，由计算机网络又可分为公用网和专用网。

（4）简述什么是 OSI？什么是 TCP/IP？它们之间有什么区别与联系？

答：

OSI/RM 是开放系统互联基本参考模型（Open Systems Interconnection Reference Model）的缩写，简称为 OSI。OSI 参考模型中采用了 7 个层次的体系结构，可以分为高层、中层、低层。高层（应用层、表示层、会话层）论述的是应用问题，并且通常只以软件的形式来实现，应用层最接近用户，用户和应用层通过网络应用软件相互通信。中层（传输层、网络层）负责处理数据传输的问题，把数据包穿过所有网络，实现端到端的传输。低层（数据链路层、物理层）负责网络链路两端设备间的数据通信，物理层和数据链路层的功能主要由硬件实现。

TCP/IP 是传输控制协议/互联网协议（Transmission Control Protocol/Internet Protocol）的缩写。但是它不仅仅只代表这两种协议，而是代表一个协议族、一个网络结构体系。TCP/IP 体系是国际互联网络 Internet 上使用的著名协议，是实现网络互联的核心，必不可少的协议，包括四层：应用层、传输控制层、（TCP/UDP）、网际层（IP）和网络接口层。其中 TCP 和 IP 是 TCP/IP 体系中两个非常重要的协议，TCP 是传输控制协议，IP 是网际协议。

OSI 与 TCP/IP 的区别与联系如图 6.14 所示。

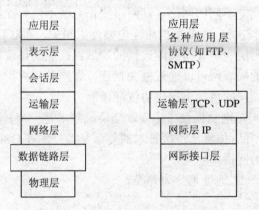

图 6.14　OSI 与 TCP/IP 协议间的关系

通过图 6.14，可以分析出 OSI 七层协议模型与 TCP/IP 协议的联系与区别。从理论上分析，TCP/IP 一开始就考虑到多种互连问题，并将网际协议 IP 作为 TCP/IP 的重要组成部分。OSI 是才后来被划分出来一个子层来完成类似 TCP/IP 中的 IP 作用。

TCP/IP 从一开始就对面向连接服务与无连接服务并重。

TCP/IP 有较好的网络管理功能，而 OSI 从一开始没有。

TCP/IP 协议模型的通用性较差，很难用它来描述其他种类的协议栈。另外，TCP/IP 的网络接口层严格来说并不是一个层次而仅仅是一个接口，而在它下面的数据链路层和物理层则根本没有。但实际上 OSI 的这两个层次还很重要。

（5）网络是如何进行分类的？

答：

通常是按照规模大小和延伸范围来分类，把计算机网络划分为局域网（LAN）、城域网（MAN）和广域网（WAN），有人还特别加上一类因特网。

局域网（Local Area Network, LAN）一般用微型计算机通过高速通信线路相连，地理空间上则局限在较小的范围（1KM 左右）。

城域网（Metropolitan Area Network, MAN）的作用范围在广域网和局域网之间。

广域网（Wide Area Network, WAN）的作用范围通常为几十到几千公里。有时也称远程网。

如果按照网络的拓扑结构来划分，则计算机网络可以分为星形网、环形网、总线型网、树形网、混合型网、网形网。

按照通信传输的介质来划分，则计算机网络可以分为双绞线网、同轴电缆网、光纤网、无线网和卫星网等。

按照信号频带占用方式来划分，则计算机网络又可以分为基带网和宽带网。

（6）上述计算机硬件设备之外，请列举说明一些其它的计算机硬件设备。

答案：

中继器：中继器是最简单的网间连接设备，它可以把两种相同类型的网络（相同的网络操作系统）串联起来形成一个大的网络。它用于连接 CSMA/CD 控制方式的网络，中继器工作在 OSI 参考模型的最底层（物理层）。中继器的作用是接收一个网络发来的电子信号并重新放大发送到另一个局域网中，起到延长网络主干距离，扩展联网规模的作用。由于中继器工作在物理层，所以它对于高层协议是完全透明的，无论高层采用什么协议，均与中继器无关。

网关：若要把两个完全不同的网络（其网络操作系统不同）连接在一起，一般要使用网关。通常若将微机局域网与某一大型主机相连也要使用网关，网关工作在 OSI 模型的高三层，即会话层、表示层、应用层。网关为网间连接的局域网高层的每端提供一种协议转换服务，因此使用不同协议格式的局域网可以通过网关相连，即网关在应用一级提供异种网络互联能力。它能在高层协议不相同的情况下提供协议翻译能力。

交换机：1993 年，局域网交换设备出现，交换机技术是一个具有简化、低价、高性能和高端口密集特点的交换产品，体现了桥接技术的复杂交换技术在 OSI 参考模型的第二层操作，它实际上是一个多端口的网桥。

（7）什么是 IP 地址？IP 地址划分为几类？

答案：

网际协议地址（即 IP 地址）是为标识 Internet 上主机位置而设置的。Internet 上的每一台计算机都被赋予一个世界上唯一的 32 位 Internet 地址（Internet Protocol Address，简称 IP Address），这一地址可用于与该计算机有关的全部通信。

一般的 IP 地址由 4 组数字组成，每组数字介于 0-255 之间，按照网络的规模大小，可以将 Internet 的 IP 地址分为 A、B、C、D、E 五种类型，其中 A、B、C 是三种主要类型地址。

（8）域名系统有哪些具体规定？

答案：

Internet 服务器或主机的域名采用多层分级结构，一般不超过五级。采用类似西方国家邮件地址由小到大的顺序从左向右排列，各级域名也按低到高的顺序从左向右排列，相互间用小数点隔开，其基本结构为：子域名.域类型.国家代码。如：dns.hebust.edu.cn，这里的 dns 是河北科技大学的一个主机的机器名，hebust 代表河北科技大学大学，edu 代表中国教育科研网，cn 代表中国，顶层域一般是网络机构或所在国家地区的名称缩写。

（9）Internet 有哪些接入方式？

答案：

① 专线接入 Internet。专用接入又可分为 DDN 专线接入与光纤接入。DDN 是数字数据

网（digital data network）的简称，它是由光纤、数字、微波或卫星等数字传输通道和数字交叉复用设备组成，为用户提供高质量的数据传输通道，传送各种数据业务。光纤接入网是指从业务节点到用户终端之间全部或部分采用光纤通信。

② 通过局域网接入 Internet。

③ 通过 ISDN 连接上 Internet。ISDN 的英文全称为 integrated service digital network，即综合业务数字网，俗称为"一线通"。它是以综合数字网（IDN）为基础发展而成的，能提供端到端的数字连接，支持一系列广泛的语音和非语音业务，为用户进网提供一组有限的、标准的多用途用户/网络接口。

④ 宽带接入法。个人宽带流行风——ADSL、更高速的宽带接入法——VDSL、无源光网络接入——光纤入户、LMDS 接入——无线宽带通信

（10）电子邮件地址中的@表示什么含义？

答案是：

@表示"在"，即英文单词 at。在@的左边为登录名，也就是用户的账号，用户在入网时所取的名字；在@的右边由主机名和域名组成。

（11）什么是邮件主题？它有什么用处？

答案：

主机告诉收件人该邮件的主要内容是什么，相当于邮件名。

（12）如何发送一封具体的电子邮件？如何接收邮件？

答案：

启动邮件接收管理软件，单击"新建"按钮，打开邮件编辑器书写邮件，在收件人的位置写入对方的电子邮件地址，确定该邮件的主题，在下方空白框中，输入想要发送的信件内容，最后点击"发送"，连接到 Internet 后，可将该邮件送出。

（13）什么是邮件病毒？

答案：

邮件病毒也是计算机病毒，只不过由于它们的传播途径主要是通过电子邮件，所以才被称为邮件病毒，它们一般是通过邮件中附件夹带的方法进行扩散，如果运行了该附件中的病毒程序，就会使你的计算机染上病毒。

 ## 上机指导

实习 1　登录 Internet

1. 上机目的和要求

熟练掌握登录 Internet 的方法。
掌握拨号上网方法的使用。

2. 上机内容和操作步骤

（1）拨号上网。单击"开始"→"设置"→"网络链接"。双击已经设置好的连接，这里是"95963"。如图 6.15 所示。

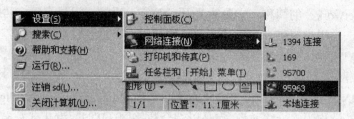

图 6.15　拨号链接的选择

（2）在窗口中，输入"用户名"和"密码"后单击"拨号"按钮，如图 6.16 所示。系统验证完用户名和密码后即可与网络连通，任务栏右侧会出现一个连网的标志。如图 6.17 所示。

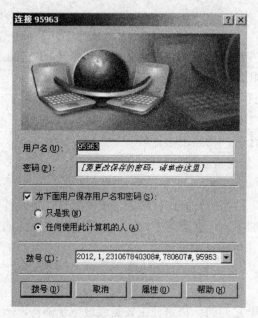

图 6.16　连接对话框

图 6.17　连接状态对话框

实习 2　通过局域网登录 Internet 的设置

1．上机目的和要求

熟练掌握登录 Internet 的方法。

掌握通过局域网方法登录 Internet 的方法。

2．上机内容和操作步骤

（1）单击"开始"→"设置"→"网络链接"，双击该图标，在当前对话框，选择 设置家庭或小型办公网络 图标，登录到"网络安装向导"对话框，如图 6.18 所示。点击 下一步(N) > 按钮。

（2）将外部设备，最主要的是网卡，在出现的网络硬件选择对话框中，选择安装好的网卡的型号。如图 6.19 所示。点击 下一步(N) > 按钮。

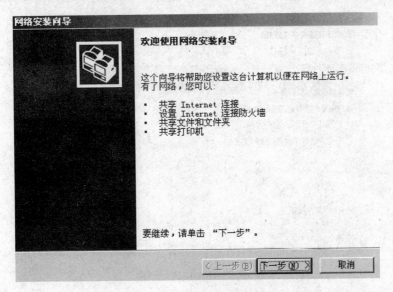

图 6.18　网络安装向导对话框

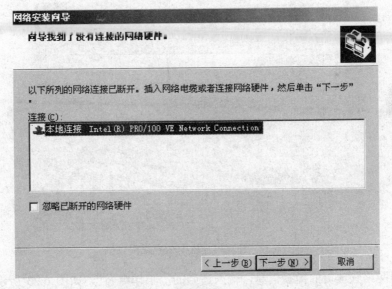

图 6.19　连接选择网卡对话框

（3）在出现的 **选择连接方法.** 对话框中，选择第二个单选项，如图 6.20 所示，点击"下一步"按钮。

> ⊙ 这台计算机通过我的网络上的另一台计算机或住宅网关连接到 Internet (M)。
> 查看示例。

图 6.20　选择连接方法对话框

（4）当你要创建一个新的局域网连接时，在下面出现的"网络连接选择"对话框中，选择第一个选项，"代我决定合适的连接"，如图 6.21 所示。点击"下一步"按钮。

（5）根据计算机在当前局域网的情况与用户的情况，输入"计算机描述"与"计算机名"。点击下一步，如图 6.22 所示。

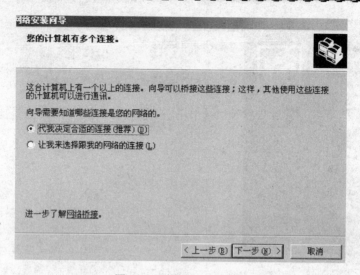

图 6.21　连接选择对话框

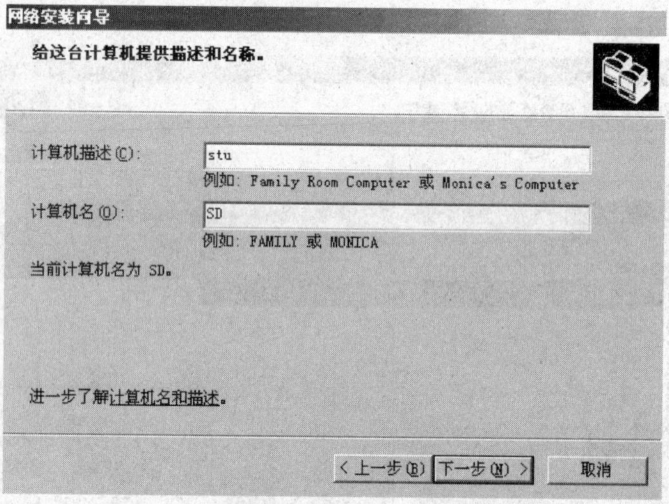

图 6.22　计算机描述/计算机名对话框

（6）根据网络管理员的提示信息，输入适当的"工作组名"，如图 6.23 所示，点击"下一步"按钮。

图 6.23　输入工作组名对话框

（7）最后，对所填写的计算机情况描述进行核实，无误后，点击"下一步"按钮。如图 6.24 所示。

（8）在随后的几分钟中，计算机将创建该网络连接，创建完成后，点击"完成"按钮即可。

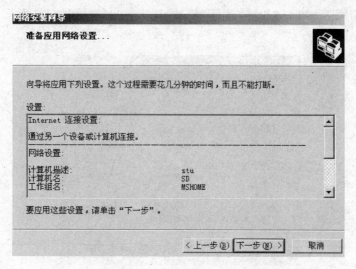

图 6.24　准备应用网络设置对话框

这时，在网络连接对话框中，出现了 标志，此时，还需要对该"本地连接"进行属性的设置。在该图标上点击右键，选择"属性"选项，在属性选项中，点中"TCP/IP"属性设置，如图 6.25 所示。

（8）根据网络管理员的要求，设置本地计算机的 IP 地址，网关地址等，如图 6.26 所示。

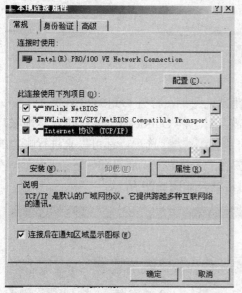

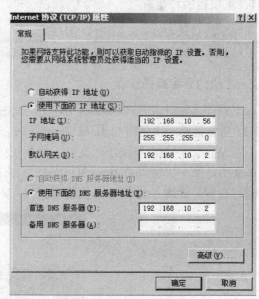

6.25　本地连接属性设置对话框　　　　　图 6.26　IP 及网关设置对话框

这样，一个完整的局域网的本地计算机的设置就完成了。随后，还要对 Internet Explorer 浏览器的局域网（LAN）进行设置。

（9）打开 IE 浏览对话框，在当前工具菜单选项中，选择"Internet 选项"命令，并在"连接"选项中单击 局域网设置(L)... 按钮。

（10）在"代理服务器"选项中，选中"通过代理服务器访问 Internet(I)"命令，在"地址（D）"选项右边的文本框中输入代理服务器的 IP 地址，代理服务器的地址，也是由网络管理员提供的。例如：192.168.5.11，并且端口设置为"80"。如图 6.27 所示。单击"确定"按钮。

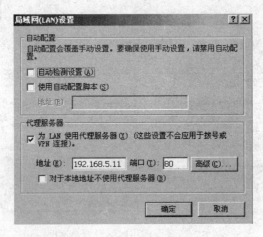

如图 6.27　局域网 LAN 设置对话框

一个独立的计算机通过局域网设置，连接到 Internet 的过程，就全部介绍完了。

实习 3　邮件管理器 Outlook Express 的设置

1．上机目的和要求

熟练掌握登录 Outlook Express 的使用。

能够通过 Outlook Express 进行邮件的收发。

2．上机内容和操作步骤

（1）点击本地计算机"Outlook Express"快捷方式图标，打开 Outlook Express。

（2）当您是第一次使用 Outlook Express 时，需要对您的 Outlook Express 进行本地帐户的设置。在 Window Vista 下点击"文件"菜单下的 ▢▢▢▢ 选项，都可以来进行帐户的设置。如果不是第一次使用 Outlook Express，则需要在"工具"→"通讯簿"→"工具"→"帐户"进行设置，如图 6.28 所示。出现新建帐户对话框，如图 6.29 所示。

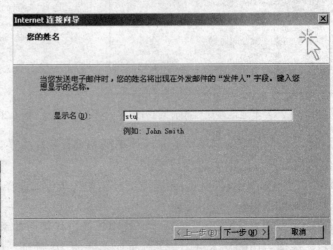

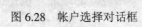

图 6.28　帐户选择对话框　　　　　　　　　　图 6.29　新建帐户对话框

（3）在新建帐户对话框中，输入您的帐户名称，这个帐户名称不是电子邮件用户名，只是用来标识您的电子邮件的一个名字，可以写成您的英文名称，或者是一个简单的符号都可以。输入完毕后，点击"下一步"按钮。

（4）在"Internet 电子邮件地址"设置对话框中，输入您的电子邮件地址，这个地址一般是在以后发送邮件时对方所显示的您的电子邮件地址。当您有多个这样的电子邮件地址时，可以设其中一个为默认地址，如图 6.30 所示，点击"下一步"按钮。

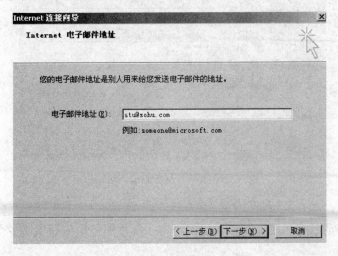

图 6.30　电子邮件地址对话框

（5）在"电子邮件服务器名"设置对话框中，需要输入两个非常重要的域名地址，或者说是决定你能否正常发送使用电子邮件的两个地址。一个是 POP3，另一个是 SMTP，关于这两个名词的概念可以查看相关专业书籍。一般来讲，这两个域名地址是由您所申请的电子邮件服务供应商提供的。可以登陆到相关的网页进行查找，电子邮件供应商都会把这两个域名地址提供出来的。以 SOHU 提供的邮箱服务为例，它的 POP3 与 SMTP 的设置如下，如图 6.31 所示，单击"下一步"按钮。

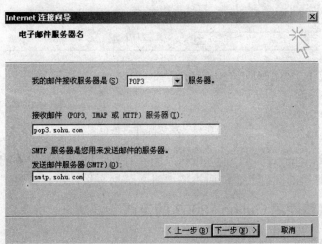

图 6.31　POP3 及 SMTP 的设置对话框

（6）在"Internet Mail 登录"设置对话框中，输入您的电子邮件地址是帐户名，或者叫用户名，并提供正确的密码，这样才能够正常的登录到您在 Internet 上的邮件服务器，如图 6.32 所示，单击"下一步"按钮。

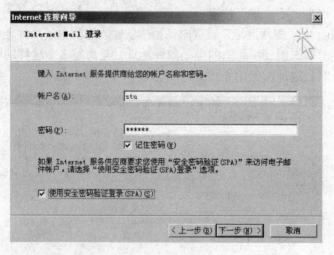

图 6.32　帐户名及密码输入对话框

（7）到此为止，点击 ▢完成▢ 按钮即可完成一个帐户的设置。如果您想建立多个帐户，只要重复上面的步骤就可以了。可以通过多个电子邮件服务供应商申请多个有效的电子邮件地址。

（8）设置好帐户，在收件人地址文本框中写入收件的人电子邮件地址，并在输入正确的邮件内容后，点击"发送"按钮，即可以正常发送邮件了。如图 6.33 所示。

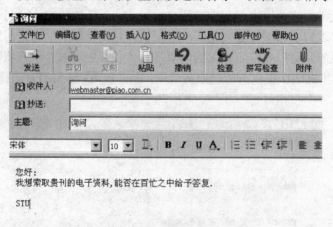

图 6.33　发送邮件对话框

（9）当您登录到 Internet 并打开 Outlook Express 后，即可从您设置的邮件服务器上接收您的邮件到本地计算机的硬盘上了，而不需要进入该网页页面进行接收工作。

实习 4　邮件管理器 Outlook 2007 的设置

1. 上机目的和要求

熟练掌握登录 Outlook 2007 的使用。

能够通过 Outlook 2007 进行邮件的收发。

2．上机内容和操作步骤

（1）从程序中启动 Outlook 2007 办公软件，选择"工具"菜单下的"账户设置"选项，如图 6.34 所示。

（2）"账户设置"选项对话框如图 6.35 所示。在该对话框中，选择"新建"按钮，即可新建一个邮件账户，如图 6.36 所示。

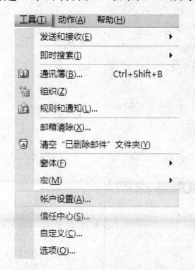

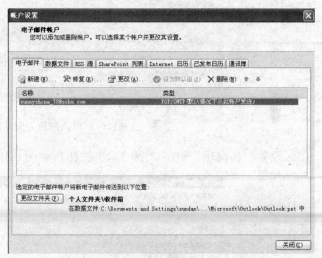

图 6.34　"帐户设置"选择下拉菜单　　　　　图 6.35　新建电子邮件账户对话框

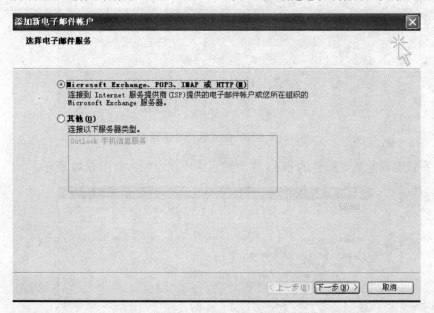

图 6.36　添加新建电子邮件账户对话框

（3）选择对话框中第一个，也是默认的选项"Microsoft Exchange、POP3、IMAP、HTTP(M)，点击"下一步"按钮。

（4）在出现的对话框中添加姓名、邮件全称和登录邮件的密码，如图 6.37 所示。

图6.37　账户详细设置对话框

（5）设置好各选项，点击"下一步"按钮，如图6.38所示。

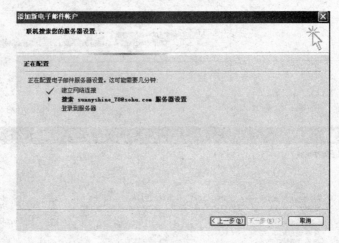

图6.38　配置等待对话框

（6）系统自动配置好邮件的pop3等设置后，成功返回，如图6.39所示。

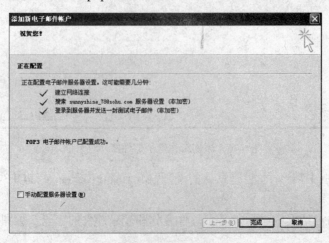

图6.39　配置成功对话框

（7）这样邮件账户就设置好了，如图 6.40 中阴影部分的账户名称，就是我们刚刚进行配置后生成的。

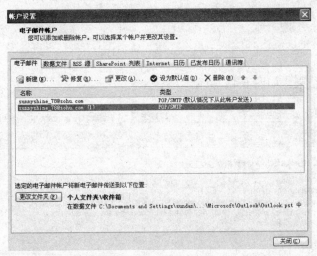

图 6.40 账号显示对话框

（8）Outlook 2007 的使用与 Outlook Express 的使用是相似的。需要发送新邮件时，点击"新建"→"邮件"，输入要发送的邮件地址，并写好相应的内容，点击"发送"按钮，即可完成新邮件的发送。

实习 5 网上搜索

1．上机目的和要求

熟练掌握 Internet 的使用。
能够通过 Internet 的搜索引擎进行实现网络资源的利用。

2．上机内容和操作步骤

（1）利用中文 Yahoo！搜索北京大学图书馆的网址及概况。
通过拨号上网或局域网设置等多种方法，登录 Internet。点击 ，打开 IE 浏览器。在地址栏中输入 www.yahoo.com.cn，进入"中文 Yahoo！"的网页，如图 6.41 所示。

图 6.41 YAHOO 页面

（2）在"搜索"按钮左边的文本框中输入"图书馆"，单击"搜索"按钮（有很多网站还可以选择类型，例如"站点"、"E-mail"、"文章标题"等），如图 6.42 所示。。

图 6.42　搜索引擎对话框

（3）查看搜索结果，如图 6.43 所示。

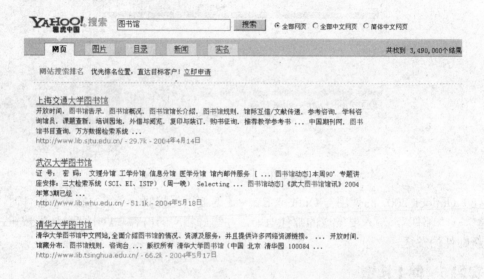

图 6.43　搜索引擎结果对话框

（4）单击"大学图书馆"，如图 6.44 所示。

北京大学图书馆
… 旧馆舍修缮改造期间对外服务工作临时调整意见的通告．图书馆通讯>> 更多 … 数字图书馆研究所 − 大学图书馆学报 − 百年馆庆专辑 − 相关链接 …
http://www.lib.pku.edu.cn/ - 15.8k - 2004年5月19日

图 6.44　北京大学图书馆选择项

（5）在弹出的网页中单击"北京大学图书馆"，如图 6.45 所示。

（6）在"地址"文本框中，即可看到北京大学图书馆的网址，单击与概况相关的链接，就可以查到北京大学图书馆的概况。

（7）用工具栏上的"搜索"工具进行搜索。单击工具栏的 🔍 搜索 按钮。在"选择一个搜索引擎"选项旁边的下拉菜单中，选择一个搜索引擎。

在 ▨▨▨ "搜索"左边的文本框中输入要搜索的字符，然后单击"搜索"按钮。输入"图书馆"，可以实现上述的搜索功能。

 注意

请从上边的两个搜索过程，体会它们的不同风格。由于网址的不同或网页本身的变化，操作本身或出现的画面都可能略有不同。

图 6.45　北京大学图书馆首页

实习 6　文件下载

1．上机目的和要求

能熟练地从中文站点和英文站点下载所需要的文件。

能够通过 Internet 下载使用多种工具软件。

2．上机内容和操作步骤

从中文站点下载一个软件（例如 Winzip 压缩软件）

（1）登录 Internet。

（2）在"搜索"栏中查找可以免费下载的网址，输入"Winzip 软件下载"，如图 6.46 所示。

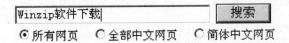

图 6.46　搜索软件对话框

（3）在网页上点击相应的下载连接（有时要几个链接才能到位），单击"下载 Winzip"的链接，如图 6.47 所示。

```
winzip下载 winzip8.0 WINZIP中文版
winzip下载 winzip中文版 winzip80 winzip81 winzip中文版下载 winzip90 winzip免费 winzip32 winzip软件 winzip免
费下载 winzipexe winzip70 winzip32exe winzip80下载 winzip软件下载...
http://www.baicu.com/more/winzip.htm - 7.1k
```

图 6.47　搜索结果选择对话框

（4）选择"将该程序保存到磁盘"，单击"确定"。

（5）在"另存为"窗口，选择保存文件的磁盘、目录和文件名（一般用默认名），单击"确定"，文件即可下载到指定位置。

综合练习题 6

1．填空题

（1）计算机网络从逻辑上可以分为_____和_____两个部分。

（2）根据网络的覆盖范围进行分类，计算机网络可以分为_____、_____和_____三种类型。

（3）国际标准化组织 ISO 成立了专门的分委员会研究_____的标准化问题，并正式颁布了_____参考模型。

（4）调制解调器在发送端将计算机产生的数字信号转换成在_____中可以传送的模拟信号，在接收端将接收到的模拟数据信号还原成_____能够识别的数字信号。

（5）广域网中的数据交换技术分为_____和存储转发交换两类，存储转发交换方式又可以分为_____和_____两类。

（6）在数据报交换方式中，同一报文的不同分组_____由不同的传输路径通过通信子网，同一报文的不同分组到达的结点时_____出现乱序、重复与丢失现象；每个分组在传输过程中都必须带有_____和目的地址。

（7）局域网中所使用的双绞线分为_____和_____两类。

（8）计算机数据在传输过程中的数据编码类型，取决于采用的通信信道支持的_____类型，因此用于数据通信的数据编码方式分为_____编码和_____编码两类。

（9）电话通信信道是典型的_____信道，为了利用电话交换网实现计算机的_____的传输，必须先将数字信号转换成模拟信号。

（10）在 OSI 参考模型中，数据单元在物理层、数据链路层、网络层和传输层分别被称为比特序列、_____、_____和报文。

（11）在 TCP/IP 参考模型中，TCP 协议是一种_____层协议，而 FTP 协议是一种_____层协议。

（12）快速以太网的传输速率比普通以太网快_____倍，它的数据传输速率可以达到_____。

（13）局域网的拓扑结构主要分为_____、_____和星型等 3 种。

（14）网卡是构成局域网的基本部件，它一方面要连接局域网中的_____，另一方面要连接局域网中的_____。

（15）以太网交换机可以有多个端口，每个端口可以单独与一个_____连接，也可以与一个_____连接

（16）如果使用粗缆连接两个集线器，使用双绞线连接集线器与结点，那么局域网中两个结点之间的最大距离可达_____；如果在同轴电缆中使用_____来进行扩展，那么集线器级系统覆盖的范围可以更大。

（17）交互式局域网的核心是_____，也有人把它称为交换式_____。中集器用来扩展作为总线的同轴电缆的_____，在一个以太网中最多只能使用_____个中集器。

（18）网关实现协议转换的方法主要有两种：一是直接将_____网络的信息包格式转换成_____网络的信息包格式；二是定制一种_____的网间信息包格式。

（19）＿＿＿＿＿＿＿＿＿＿＿＿＿＿＿＿＿为提供信息交换、信息资源共享创造了基本条件，但是需要在网络系统之上建立＿＿＿＿＿＿＿＿＿＿＿＿＿＿。

（20）Intranet 是利用＿＿＿＿＿＿＿＿＿＿＿技术建立的企业内部信息网络。

2．选择题

（1）如果要在一个建筑物中的几个办公室进行连网，一般应采用＿＿＿＿＿的技术方案。

  A．广域网　　　　B．局域网　　　　C．城域网　　　　D．ATM 网

（2）目前我们所使用的计算机网络是根据＿＿＿＿＿的观点来定义的。

  A．用户透明　　B．广义　　　　　C．资源共享　　　D．狭义

（3）＿＿＿＿＿的特点是结构简单，传输延时确定，但系统维护工作复杂。

  A．环型拓扑　　B．树型拓扑　　　C．星型拓扑　　　D．网状拓扑

（4）在计算机网络中，共享的资源主要是指硬件、软件与＿＿＿＿＿。

  A．主机　　　　B．数据　　　　　C．通信信道　　　D．外设

（5）在计算机网络中，负责处理通信控制功能的计算机是＿＿＿＿＿。

  A．主计算机　　　　　　　　　　　B．通信控制处理机

  C．通信线路　　　　　　　　　　　D．终端

（6）在常用的传输介质中，宽带最宽、信号传输衰减最小、抗干扰能力最强的是＿＿＿＿＿

  A．同轴电缆　　B．双绞线　　　　C．无线信道　　　D．光缆

（7）＿＿＿＿＿是指将模拟信号转变成计算机可以识别的数字信号的过程。

  A．调制　　　　B．解调　　　　　C．采样　　　　　D．压缩

（8）数据传输速率的单位是＿＿＿＿＿。

  A．bps　　　　　B．MB　　　　　C．bit　　　　　D．byte

（9）数据通信的任务是传输＿＿＿＿＿代码比特序列。

  A．十进制　　　B．二进制　　　　C．八进制　　　　D．十六进制

（10）在组成网络协议的三要素中，＿＿＿＿＿是指用户数据与控制信息的结构与格式。

  A．语义　　　　B．接口　　　　　C．语法　　　　　D．时序

（11）OSI 参考模型的三个要素概念是＿＿＿＿＿。

  A．子网　层次　原语　　　　　　B．广域网　城域网　局域网

  C．结构　模型　交换　　　　　　C．服务　接口　协议

（12）OSI 参考模型中，＿＿＿＿＿是参考模型的最高层。

  A．表示层　　　B．应用层　　　　C．会话层　　　　D．传输层

（13）在 OSI 参考模型的描述中，下列说法中不正确的是＿＿＿＿＿。

  A．OSI 参考模型定义了开放系统的层次结构

  B．OSI 参考模型是一个在定制标准时使用的概念性的框架

  C．OSI 参考模型的每层可以使用上层提供的服务

  D．OSI 参考模型是开放系统互连参考模型

（14）＿＿＿＿＿是指为网络数据交换而制定的规则、约定与标准。

  A．网络协议　　B．层次　　　　　C．体系结构　　　D．接口

（15）TCP/IP 参考模型中，网络层的数据服务单元是＿＿＿＿＿。

  A．比特序列　　B．主机-网络层　C．传输层　　　　D．互联层

（16）不同结点的同等层通过_____来实现对等层之间的通信。

　　　A. 原语　　　　B. 程序　　　　　C. 协议　　　　　　D. 接口

（17）OSI 参考模型中，_____负责为用户提供可靠的端到端服务。

　　　A. 传输层　　　B. 网络层　　　　C. 表示层　　　　　D. 会话层

（18）OSI 参考模型中，同一结点内相邻层之间通过_____来进行通信。

　　　A. 接口　　　　B. 进程　　　　　C. 协议　　　　　　D. 应用程序

（19）快速以太网中，支持 5 类非屏蔽双绞线的标准是_____。

　　　A. 100BASE-FX　　　　　　　　B. 100BASE-TX

　　　C. 100BASE-LX　　　　　　　　D. 100BASE-T4

（20）IEEE802 参考模型只对应于 OSI 参考模型的物理层和_____。

　　　A. 应用层　　　B. 网络层　　　　C. 传输层　　　　　D. 数据链路层

（21）1000BASE-LX 标准支持的单模光纤的单段最大长度是_____。

　　　A. 3000 米　　B. 1000 米　　　C. 2000 米　　　　D. 500 米

（22）快速以太网的传输速率比普通以太网快 0 倍，数据传输速率可以达到_____。

　　　A. 100Mbps　　B. 10Mps　　　C. 1000Mbps　　　C. 200Mbps

（23）令牌环网与以太网相比最主要的优点是_____。

　　　A. 实时性强　　B. 可靠性高　　　C. 易于维护　　　　D. 价格低廉

（24）_____可以通过交换机多端口间的并发连接，实现多结点间数据的并发传输。

　　　A. 交换试局域网　　　　　　　　B. 令牌环网

　　　C. 令牌总线网　　　　　　　　　D. 以太网

（25）总线型局域网的结点在发送数据时采取_____。

　　　A. 点到点方式　　　　　　　　　B. 广播方式

　　　C. 存储转发方式　　　　　　　　D. 数据报方式

（26）如果我们要用非屏蔽双绞线组建以太网，需要购买带有_____接口的以太网卡。

　　　A. RJ-45　　　B. AUI　　　　　C. BNC　　　　　　D. F/O

（27）物理层标准要求使用_____非屏蔽双绞线。

　　　A. 10BASE-2　　　　　　　　　B. BASE-5

　　　C. 10BEAE-T　　　　　　　　　D. 10BASE-FL

（28）如果我们使用粗同轴电缆组建以太网，在一个以太网中最多只能使用_____个中继器。

　　　A. 7　　　　　　B. 6　　　　　　C. 5　　　　　　　D. 4

（29）如果使用粗缆来连接两个集线器与结点，粗缆段最大距离为 500 米，那么网中两个结点最大距离可以达到_____。

　　　A. 100 米　　　B. 870 米　　　C. 700 米　　　　D. 200 米

（30）_____是由按规则螺旋结构排列的 2 根、4 根或 8 根绝缘导线组成的传输介质。

　　　A. 1 类屏蔽双绞线　　　　　　　B. 3 类非屏蔽双绞线

　　　C. 5 类非屏蔽双绞线　　　　　　C. 单模光线

（31）通过集线器的_____端口级联可以扩大局域网的覆盖范围。

　　　A. 网络管理　　B. 自适应　　　C. 普通　　　　　　D. 向上连接

（32）连接局域网中的计算机与传输介质的网络连接设备是_____。

　　　A. 路由器　　　B. 网卡　　　　　C. 交换机　　　　　D. 集线器

（33）双绞线组网方式中，_____是以太网的中心连接设备。

    A．中集器　　　B．网卡　　　　C．集线器　　　　D．路由器

（34）如果我们使用粗缆来组建以太网，在一个以太网中最多只能连入_____结点。

    A．100个　　　B．150个　　　C．200个　　　　D．250个

（35）通过电话网接入Internet是指用户计算机使用_____连接Internet。

    A．路由器　　　B．集线器　　　C．交换机　　　　D．调制解调器

（36）TCP/IP协议是Internet中计算机之间通信所必须共同遵循的一种_____。

    A．软件资源　　B．通信规定　　C．信息资源　　　D．硬件资源

（37）IP地址能唯一地确定Internet上每台计算机在互联网络中的_____。

    A．位置　　　　B．时间　　　　C．距离　　　　　D．费用

（38）IP地址的点分十进制表示方式中，每一位的值在0到_____之间。

    A．256　　　　B．128　　　　C．255　　　　　D．127

（38）Internet主要由4个部分组成，包括路由器、主机、_____和信息资源。

    A．交换机　　　B．数据库　　　C．通信线路　　　D．管理者

（39）IP地址的长度固定为_____位。

    A．16　　　　　B．8　　　　　　C．64　　　　　　D．32

（40）www.online.tj.cn是Internet中主机的_____。

    A．用户名　　　B．IP地址　　　C．密码　　　　　D．域名

（41）IP地址的头一个数字，我们能够看出"202.112.24.55"是_____地址。

    A．C类　　　　B．A类　　　　C．D类　　　　　D．B类

（42）国际顶级域名的分配中_____代表的是政府机构。

    A．.COM　　　B．.EDU　　　C．.GOV　　　　D．.NET

（43）电子邮件地址jeniffer@eyou.com中，"jeniffer"是_____。

    A．用户名　　　B．主机名　　　C．用户密码　　　D．IP地址

（44）_____是Internet中的信息资源和服务的载体。

    A．路由器　　　B．通信线路　　C．交换机　　　　D．主机

3．简答题

（1）计算机网络的主要功能是什么？

（2）请比较OSI参考模型与TCP/IP协议的优缺点。

（3）当前局域网的主要技术特点是什么？

（4）请说明使用双绞线与集线器组网的基本方法。

（5）请说明WWW服务的基本工作原理。

第7章　常用工具软件

学习目标:

通过学习本章内容,学会一些工具软件的使用,可以提高我们对计算机使用的工作效果,还可以方便我们对于文件的处理与使用,本章详细介绍了压缩工具、病毒查杀工具、多媒体播放工具、图像浏览及处理工具的安装与使用,使读者由浅入深地了解各软件的有关理论基础,并举一反三,对同类软件的使用提供帮助。

☞　了解常用压缩软件,能够使用压缩软件对文件进行压缩处理。

☞　了解病毒防治软件瑞星的功能,了解瑞星软件的防病毒设置。

☞　了解图像处理软件 ACDSee 软件的功能与使用,能够使用该软件编辑图像,对图像进行批处理操作。

☞　了解音乐播放软件、刻录软件的功能,并能够用音乐播放软件播放音频文件,应用刻录软件制作音频视频数据光盘。

☞　了解不同软件的下载方法,并能正解掌握软件的安装。

内容概要

1. 压缩软件简介

● 安装与卸载 WinRAR。

● 使用该软件压缩与解压文件

2. ACDSee 看图软件

● 安装与卸载 ACDSee。

● ACDSee 的功能简介。

● 使用 ACDSee 对图像文件进行批处理操作。

3. 瑞星软件

● 安装与卸载瑞星软件。

● 瑞星软件的功能简介。

● 使用瑞星软件进行查杀毒操作。

● 瑞星软件的个性化设置。

4. Winamp 软件与 Realplayer 软件

● 安装音频播放软件 Winamp 与 Realplayer。

- 添加曲目到媒体库并建立播放列表。
- 使用 Realplayer 设置在线播放。

5．光盘刻录软件 Nero

- 安装 Nero。
- 使用 Nero 刻录光盘。
- 使用 Nero 复制光盘。
- 使用 Nero 制作 Mp3 光盘。

典型习题精解

1．如何使用 WinRAR 快速压缩？

答案：

当在文件上点击鼠标右键时，您就会看见如图 7.1 所示的有压缩图标的部分，这就是 WinRAR 在右键中创建的快捷键。

需要制作压缩文件时，在文件上点右击鼠标键并选择"添加到'常用工具软件.RAR'（T）"按钮（这里，我们要压缩的文件名就是"常用工具软件"，如果对另一个文件进行压缩，则出现的就是另一个文件的文件名），这样就会出现如图 7.2 所示，在图 7.2 的最上部可以看见 6 个选项，这里是选择"常规"选项时出现的界面。

图 7.1　鼠标右键菜单

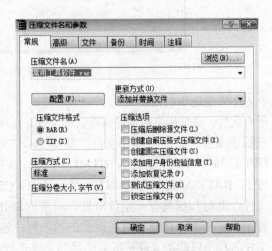

图 7.2　压缩向导

默认压缩文件名就是我们刚刚选择的"常用工具软件.rar"，在一般情况下，常规选项的参数使用默认就可以了。点击"确定"按钮，文件开始被压缩，如图 7.3 所示为文件压缩过程。

这样，在被压缩文件的相同的文件夹里，出现一个压缩文件，这个压缩文件的大小应比原文件要小，且所显示的图标如图 7.4 所示。

图7.3　文件压缩过程　　　　　　　图7.4　压缩文件图标

2．如何使用瑞星杀毒软件按文件类型进行查杀？

答案：

在默认设置下，瑞星杀毒软件是对所有文件进行查杀病毒的。为节约时间，您可以有针对性地指定文件类型进行查杀病毒，步骤是：在瑞星杀毒软件主程序界面中，选择"设置"→"详细设置"→"手动查杀"，如图7.5所示，在查杀文件类型选项中指定文件类型，点击"确定"按钮，即可对指定文件类型的文件进行查杀病毒了。

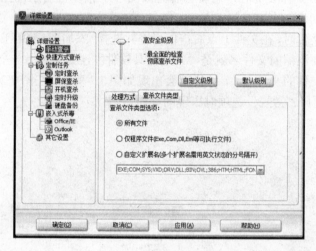

图7.5　手动设置对话框

查杀文件类型选项包括：

- 所有文件。选择后将扫描任何格式的文件，此时扫描范围最全面，但扫描时间花费最多；
- 仅程序文件：只扫描程序文件，如 EXE、COM、SYS、VXD、DRV、DLL、BIN、OVL、386、SRC、HTM、HTML、FON、VBS、VBE、DOC、DOT、XLS、XLT、PPT、BAT、ASP、HTT、HTA、JS、JSE、CSS、WSH、SCT、OCX、CPL、LNK 等文件，此时扫描具有一定针对性，可节约部分扫描时间；
- 自定义扩展名：选择后可在提供的输入栏中输入文件扩展名，瑞星杀毒软件即可对在文件名称中以此类文件扩展名结尾的文件进行杀毒；或在下拉菜单中选择以某类文件扩展名结尾的文件进行杀毒。按扩展名扫描同样具有一定针对性，可节约部分扫描时间。
- 快捷扫描：在查杀目标上点击鼠标右键，从弹出菜单中选择瑞星杀毒；或者用鼠标将查杀目标拖放到桌面上的瑞星杀毒软件快捷方式图标上，或者拖放到瑞星杀毒软件主程序窗口中，即可调用瑞星杀毒软件对此目标进行专门查杀病毒。用户同样可以指定文件类型进行查杀。

3. 如何使用瑞星杀毒软件定制任务

答案：

（1）定时查杀。

在瑞星杀毒软件主程序界面中，选择"设置"→"详细设置"→"定时查杀"选项卡，如图7.6所示。

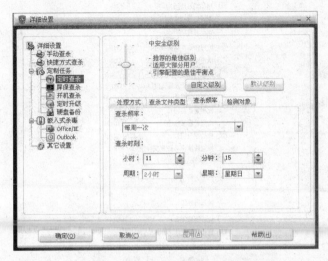

图7.6 定时查杀设置对话框

在"查杀频率"中，您可以根据需要选择"不扫描"、"每天一次"、"每周一次"、"每月一次"等不同的扫描频率按钮。在扫描内容设定中，可指定需要定时扫描的磁盘或文件夹，并可选择查毒还是杀毒以及要扫描的文件类型。当系统时钟到达所设定的时间，瑞星杀毒软件会自动运行，开始扫描预先指定的磁盘或文件夹。瑞星杀毒界面会自动弹出显示，用户可以随时查阅查毒的情况。在高级设置中，您可以设置定时扫描高级设置。

（2）开机查杀。

在Windows系统启动后随即开始扫描病毒，如图7.7所示。

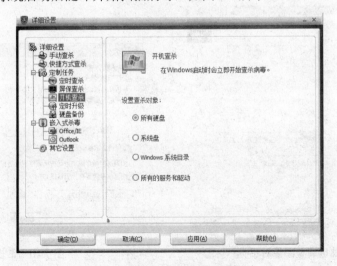

图7.7 开机查杀设置对话框

4．在 ACDSee 中如何批量调整图片大小？

答案：

批量调整大小批处理命令位于主界面下的工具菜单选项中，如图 7.8 所示。

图 7.8　工具菜单

此处我们描述如何批量处理图像大小和批量处理转换图像格式。其它的批处理命令，我们可以根据选项自行调整学习。

（1）按住 CTRL 键，用鼠标选取多个要处理的图像，点击"工具栏"选项中的"批量调整图像大小"选项。

（2）在"批量调整图像大小"对话框中，进行简单的设置，如图 7.9 所示，主要就是设置图片的大小参数，即宽度和高度，如果还需要更高级的设置的话，点击"选项"按钮。

（3）在"选项"对话框里有一些非常规的设置，如图 7.10 所示。

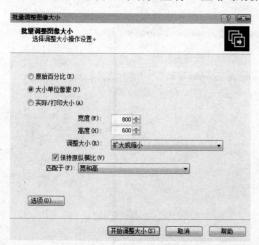

图 7.9　批量调整图像对话框

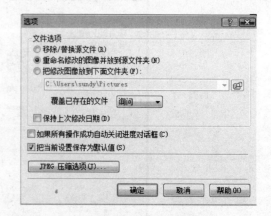

图 7.10　常规设置

确认无误之后，点击"确定"按钮，回到"批量调整图像大小"对话框，点击"开始调整大小"按钮，即可完成图像的调整。

5．如何进行图像文件批量格式转换？

答：

提到图像文件格式的转换，大家也许会想到 Photoshop 软件的"另存为"转换方法，或者是其他一些工具，其实常用的图像浏览工具 ACDSee 就具有这样的功能，而且可以批量转换格式。

用 ACDSee4.0 打开要批量转换格式的图像文件，然后选中要进行转换的图像，点击"工具栏"的"批量格式转换"，如图 7.11 所示。

图 7.11　批量转换文件格式对话框

在左侧选中目标图像将要转成的新的格式文件类型，点击"下一步"按钮，设置新的格式文件将要存放的路径，这里可以设置文件存放路径与源文件不在同一文件夹下。点击"下一步"按钮，如图 7.12 所示。

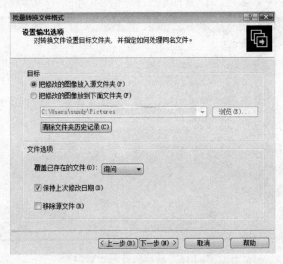

图 7.12　批量转换文件格式对话框

点击"确定"按钮，即可完成图像文件格式的转换。

提示

ACDSee 的功能不限于此，例如它还可以进行图像文件的批量调整大小、批量旋转、创建压缩包、生成图册等。方法都和前文所说的相类似，大家可以试试。

6. 如何利用 Winamp 添加曲目到媒体库并建立播放列表

答案：

如果需要播放本机上的媒体文件，方法如下：

（1）打开"我的电脑"或"资源管理器"。

（2）找到与 Winamp 相关联的文件名，双击该文件，即可自动开始播放。

（3）也可以在 Winamp 界面中，单击"文件"菜单中的"播放文件"命令，在打开的窗口中选择需要播放的文件。如图 7.13 所示。

图 7.13　添加播放列表

（4）点击"播放文件"选项，打开播放文件列表，如图 7.14 所示。

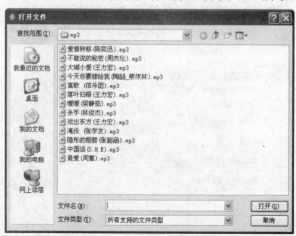

图 7.14　播放文件列表窗口

（5）在"播放文件列表"窗口中，选择要播放的文件，将文件添加到 Winamp 的文件列表中，如图 7.15 所示。

图 7.15　文件添加到 Wimamp 文件列表

（6）除了使用"文件"菜单中的"添加文件"选项外，还可以使用 Winamp 中的快捷按钮，快捷按钮如图 7.16 所示。

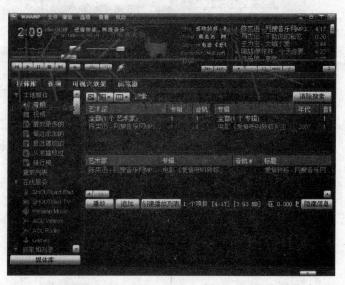

图 7.16　Winamp 中的快捷按钮

7．如何使用 Nero 刻录数据光盘？

答案：

（1）选择 Windows "开始"菜单→"程序"→Nero OEM→Nero Express，如图 7.17 所示。

图 7.17　打开 Nero express

（2）打开 Nero Express 的界面如图 7.18 所示

图 7.18　Nero Express 6 界面

（3）从主界面中选择"数据光盘"→"数据光盘"，如图 7.19 所示。

图 7.19　选择要制的光盘类型

（4）在接下来出现的这个窗口中，您可以准备开始给光盘添加数据，以便刻录到光盘，如图 7.20 所示。

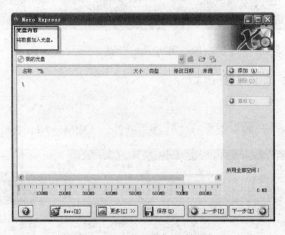

图 7.20　给光盘加入数据

（5）向窗口添加数据有三种非常简单的方法，可使此过程轻松快捷。

（6）单击 添加(A)... 按钮，选择要刻录的文件。屏幕上会出现一个外观与"Windows 资源管理器"非常相似的窗口，可以在其中选择要刻录和保存到光盘的文件。选择完文件后，单击"添加"按钮，如图 7.21 所示，添加完成后单击"已完成"按钮。

（7）使用"Windows 资源管理器"添加数据：选择"开始"按钮→"所有程序"→"附件"→"Windows 资源管理器"，当"Windows 资源管理器"出现时，可以用鼠标将要刻录的数据文件拖放到 Nero Express 6 中。

图 7.21　选择文件及文件夹界面

（8）使用"我的电脑"添加数据：请单击 图标，从此窗口中，可以将数据文件拖放到 Nero Express 6 版式中。

（9）此外，单击"更多"按钮还可以为刻录光盘设置时间和日期，如图 7.22 所示

图 7.22　设置高级选项

（10）添加完所有文件后，请单击"下一步"按钮，准备好要刻录的光盘，如图 7.23 所示。

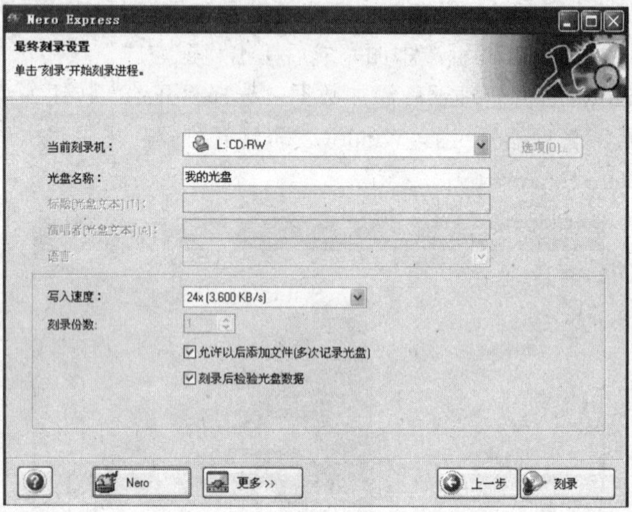

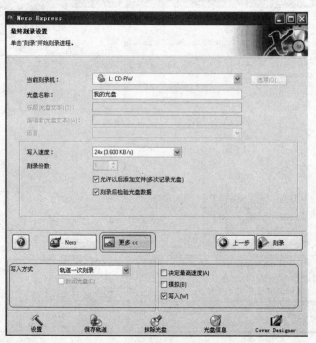

图 7.23　最终刻录设置按钮

上图中的选项说明如下：

当前刻录机——您会看到与 PC 连接的受支持的刻录机。

光盘名称——选择光盘的标题。

写入速度——选择所需要的刻录速度。

刻录份数——选择要刻录的份数。

（11）准备好开始刻录时，请单击"最终刻录设定"窗口中的"更多"按钮，屏幕上将会出现另外一个窗口，如图 7.24 所示。

图 7.24　最终设置窗口

上图中的参数说明如下：

轨道一次刻录——使用此方法，每条轨道都会被单独写入到光盘。写入每条轨道后，写入操作都会短暂中断。这就意味着可以像写入任何标准磁盘一样写入可写光盘（CD-R）或可重复写光盘（CD-RW）。

光盘一次刻录——在这种模式下，所有轨道一次刻录到光盘，其间激光不关闭。

（12）"最终记录设置"完成后，单击"刻录"按钮，进行刻录，如图 7.25 所示。

图 7.25　刻录过程状态界面

（13）刻录过程完成后，系统会通知您刻录过程已成功完成，如图 7.26 所示。

图 7.26　刻录完成界面

（14）如果在刻录完成后单击"确定"，您将会返回到刻录窗口。请单击"下一步"按钮，前进到下面的窗口。如果要再次刻录同一项目、开始另一项目、制作标签，或向当前光盘添加其他数据，均可在此窗口中完成，如图 7.27 所示。

图 7.27　刻录退出窗口

 上机指导

实习 1　下载安装并使用 WinRAR

1. 上机目的和要求

掌握 WinRAR 软件的安装、下载。

掌握 WinRAR 的使用方法。

2. 上机内容和操作步骤

（1）WinRAR 的下载和安装。

① WinRAR 软件可以从网上进行下载，有很多网站都支持它的下载。如：http://www.onlinedown.net/soft/5.htm，这里是华军软件园的 WinRAR 的下载地址，大家可自行下载。

② 安装 WinRAR 的安装十分简单，只要双击下载后的压缩包，就会出现安装界面，在这里设置安装的目标文件夹。

（2）使用 WinRAR 快速压缩和解压。

① 快速压缩。当您在文件上点鼠标右键的时候，您就会看见有压缩图标的部分就是 WinRAR 在右键中创建的快捷键。选择"添加到'常用工具软件'"选项（这里，我们要压缩的文件名就是"常用工具软件"，如果对另一个文件进行压缩，则出现的就是另一个文件的文件名），即完成快速压缩。

② 快速解压。当您在压缩文件上点鼠标右键后，会有"解压到文件夹"选项出现，该选项的含义是将当前压缩文件释放到同一文件夹下，并创建与文件名相应的相同名称的文件夹，将解压缩的文件存放于创建的文件夹中。

（3）卸载 WinRAR。

卸载 WinRAR 软件只要点击"控制面板"→"添加/删除程序"→"WinRAR 压缩文件管理器"→"添加/删除"，即可实现 WinRAR 卸载。

实习 2　下载安装并使用瑞星杀毒软件

1. 上机目的和要求

掌握瑞星杀毒软件的安装、下载。

掌握瑞星杀毒软件的使用方法。

2. 上机内容和操作步骤

（1）瑞星杀毒软件的下载和安装。

在瑞星公司的网站列出的瑞星在线订购下载地址中点击"购买"按钮，付款后下载到计算机中，然后安装即可。瑞星杀毒软件是一款有偿服务软件，购买正版的瑞星软件，可以在线对该软件进行升级，增强自己计算机的防毒能力。

（2）用瑞星杀毒软件杀毒。

在默认状态下快速查杀病毒，步骤如下：

- 启动瑞星杀毒软件；
- 在查杀目录栏中显示了待查杀病毒的目标，默认状态下，所有硬盘驱动器、内存、引导区和邮件都为选中状态；
- 单击瑞星杀毒软件主程序界面上的"查杀病毒"按钮，即开始扫描所选目标，发现病毒时程序会提示用户如何处理。扫描过程中可随时选择"暂停杀毒"按钮暂停当前操作，按"继续杀毒"按钮可继续当前操作，也可以选择"停止杀毒"按钮停止当前操作。对扫描中发现的病毒，病毒文件的文件名、所在文件夹、病毒名称和状态都将显示在"病毒列表"窗口中。

 提示

在清除病毒过程中，若出现删除失败提示时，即表示该文件可能正在被使用，可以使用瑞星 DOS 杀毒工具制作软盘或 USB 盘启动计算机，用瑞星 DOS 杀毒工具清除该病毒。

（3）根据设定的安全防护级别进行查杀。

设置菜单包含各种功能设置选项，第一次启动瑞星杀毒软件时程序的功能设置是默认的。当然，您也可以在详细设置菜单中根据自身需要进行相应的设置。在"详细设置"对话框中，用于详细设置不同的查杀方式的和不同查杀任务的操作，我们对计算机的防毒查毒设置，都可以通过这个选项来完成，也可以说，这是个性化设置的一条操作途径。例如：我们可以设置什么时间对计算机进行查毒，发现病毒时如何操作等。通过选择"选项设置"对话框中不同设置，可以改变对瑞星的对计算机的防护功能。

（4）按文件类型进行查杀。

当您遇到外来陌生文件时，为避免外来病毒的入侵，您可以快速启用右键查杀功能，方法是：用鼠标右键点击该文件，在弹出的右键菜单中选择瑞星杀毒，即可启动瑞星杀毒软件专门对此文件进行查杀毒操作。

（5）定制任务。

① 定时扫描。在瑞星杀毒软件主程序界面中，选择"设置"→"详细设置"→"定时查杀"选项卡对查杀频率、处理方式及选项进行选择后，点击确定按钮即完成设置。

② 开机扫描。在瑞星杀毒软件主程序界面中，选择"设置"→"详细设置"→"开机查杀"选项卡，选择"查杀对象"后，点击"确定"按钮即完成设置。

（6）瑞星杀毒软件在线升级。

由于新病毒的不断涌现，瑞星软件的病毒防护功能也要不断进行更新。当我们安装了瑞星杀毒软件后，在网络连接正常的情况下，瑞星软件会自动在线进行更新查询与升级。当我们点击"立即升级"后，就可以在线对我们的防毒软件进行更新了，保证我们的软件处于最新状态，对计算机起到更好的保护。

实习3　下载安装并使用 ACDSee

1. 上机目的和要求

掌握看图软件 ACDSee 软件的安装、下载。

掌握 ACDSee 的使用方法。

2. 上机内容和操作步骤

（1）ACDSee 的下载和安装。

① 下载地址为：http://www.newhua.com/soft/2554.htm；

② 双击 ACDSee 的 Setup 安装文件，即可出现安装提示对话框，点击"NEXT"按钮，按照操作提示继续进行，即可完成 ACDSee 安装过程。

③ 安装完成后，我们还要将它汉化成中文版，从网上下载一个汉化包，ACDSee_8_CHS.zip 文件，解压缩后，直接运行该汉化包，即可将刚安装好的 ACDSee 软件汉化为中文版。

（2）批量调整大小。

批量调整大小批处理命令位于主界面下的工具菜单选项中，操作步骤如下：

① 按住 Ctrl 键，用鼠标选取多个要处理的图像，点击"工具栏"中的"批量调整图像大小"按钮。

② 在"批量调整图像大小"对话框中，进行简单的设置，主要就是设置图片的大小参数，即宽度和高度，如果还需要更高级的设置的话，点击"选项"按钮。

③ 在"选项"对话框中里有一些非常规的设置。

④ 确认无误之后，点击"确定"按钮，回到前一页面，点击"开始调整大小"按钮，即可完成图像的调整。

（3）批量重命名。

用 ACDSee 软件打开要批量重命名的图像文件，然后选中要进行转换的图像，点击"工具栏"中的"批量重命名"按钮。

（4）图像文件批量格式转换。

① 用 ACDSee 软件打开要批量转换格式的图像文件，然后选中要进行转换的图像，点击"工具栏"中的"批量格式转换"按钮。

② 在左侧选中目标图像将要转成的新的格式文件类型，点击"下一步"按钮，设置新的格式文件存放路径，可以设置它的存放位置与源文件不在同一文件夹下。点击"下一步"按钮，点击"确定"按钮，即可完成图像文件格式的转换。

（5）卸载 AcdSee 软件。

直接使用它自身提供的 uninstall 卸载程序即可，选择"开始"→"程序"→"ACD Systems"→"ACDSee uninstall"→"Next"→"Finish"，点"全部确认"按钮即可卸载 ACDSee 软件。

实习 4　下载安装并使用 Winamp

1．上机目的和要求

掌握 Winamp 软件的安装、下载。

掌握 Winamp 软件的使用方法。

2．上机内容和操作步骤

（1）Winamp 的下载和安装。

从网站 http://www.winamp.com 或 http://www.skycn.com/下载 Winamp 最新版本的安装程序，目前最新版本为 5.53，下载完成后，双击安装程序，启动安装向导即可。

（2）添加曲目到媒体库并建立播放列表。

① 打开"我的电脑"或"资源管理器"。

② 找到与 Winamp 相关联的文件名，双击该文件，即可自动开始播放。一般而言，图标是 Winamp 播放器的文件，即是 Winamp 的播放文件。

③ 也可以在 Winamp 界面中，单击"文件"菜单中的"打开文件"命令，在打开的窗口中选择需要播放的文件。

④ 点击"播放文件"选项，打开播放文件列表。

⑤ 在"播放文件列表"窗口中，选择要播放的文件，将文件添加到 Winamp 的文件列表中。

（3）播放网络媒体文件。

① 在 Winamp 界面中，单击"文件"菜单中的"打开 URL"命令。

② 在"打开 URL"对话框中，输入 URL 地址。

③ 单击"打开"按钮。经过一段时间的缓冲，在 Winamp 界面中中即可看到、听到媒体信息。但在一般情况下，用户只需单击网上相应的媒体文件链接，即可自动启动播放器，并开始播放文件内容。

实习 5　安装并使用光盘刻录软件 Nero

1．上机目的和要求

掌握 Nero 软件的安装。

掌握光盘刻录软件 Nero 的使用方法。

2．上机内容和操作步骤

（1）光盘刻录软件 Nero 安装。

① 打开 Nero 安装包，点击"setup.exe"进行安装，运入安装程序界面。

② 点击 Nero 进行安装，进入 Nero 的"更新或删除向导"界面。

③ 单击"下一步"按钮，进入"许可证协议"界面，选择"我接收上述许可证协议的所有条款"选项。

④ 单击"下一步"按钮，进入"客户信息输入"界面。

⑤ 输入基本信息后，单击"安装"按钮进行安装。

⑥ 安装完成后，出现安装完成对话框，点击"完成"按钮，Nero 软件安装成功。

（2）刻录数据光盘。

① 打开 Nero Express 的界面。

② 从主界面中选择"数据光盘"→"数据光盘"。

③ 在接下来的窗口中，您可以准备开始给光盘添加数据，以便刻录到光盘。

④ 向窗口添加数据有三种非常简单的方法，可使此过程轻松快捷：

● 单击按钮，选择要刻录的文件，屏幕上会出现一个外观与"Windows 资源管理器"非常相似的窗口，您可以在其中选择要刻录和保存到光盘的文件，选择完文件后，单击"添加"按钮。添加完成后单击完"已完成"按钮。

● 使用"Windows 资源管理器"添加数据。请转到"开始"→"所有程序"→"附件"→"Windows 资源管理器"，当"Windows 资源管理器"界面出现时，您可以将要刻录的数据拖入 Nero Express 中。

● 使用"我的电脑"添加数据。请单击"我的电脑"图标，从此窗口中，您可以将文件拖放到 Nero Express 窗口中。

⑤ 单击"更多"还可以为当盘设置时间和日期。

⑥ 添加完所有文件后，请单击"下一步"按钮，准备好要刻录的光盘。准备好开始刻录时，请单击"最终刻录设定"窗口中的"更多"按钮，屏幕上将会出现另外一个窗口，刻录过程完成后，系统会通知您刻录过程已成功完成。

⑦ 如果您在刻录完成后单击"确定"按钮，您将会返回到刻录窗口。请单击"下一步"按钮，进入下一个窗口。如果您要再次刻录同一项目、开始另一项目、制作标签，或向当前光盘添加其他数据，均可在此窗口中完成。

（3）复制整张光盘。

① 从"项目"选择页中选择"复制整个光盘"选项。

② 在接下来出现的窗口中，准备开始从光盘复制到光盘的过程。

③ 请单击"刻录"按钮，光盘刻录开始，软件将会先分析源盘，以检查光盘上的版权和错误，在刻录进行时会看到刻录过程的状态窗口。

④ 刻录完成时，系统会通知您刻录过程已成功完成。

⑤ 刻录成功后，请单击"确定"按钮，您会返回刻录窗口，单击"下一步"按钮，进入到下一个窗口。

（4）制作 MP3 光盘。

① 在桌面选择"开始"→"程序"→"nero"中选择"Nero StartSmart"命令程序，打开主界面。

② 选择"制作 MP3 光盘"选项，进入"我的 MP3 光盘"窗口。

③ 单击"添加"按钮，将打开添加文件窗口。

④ 单击"已完成"按钮，将文件添加至 Nero Express 窗口。

⑤ 可以多次单击"添加"按钮添加记录 MP3 内容，并可对添加的内容进行删除、重命名操作。

⑥ MP3 完成后，单击"下一步"按钮，进入"最终刻录设置"窗口。

⑦ 单击"刻录"按钮进行刻录，直至记录完成，和制作数据光盘相似。

综合练习题 7

1. 选择题

（1）下列哪个软件可以帮助我们对压缩文件进行解压缩（　　）。

　　A．FlashGet　　　　　B．Winzip　　　　　C．IE　　　　　D．Foxmail

（2）Winzip 压缩后生成的文件后缀名是（　　）。

　　A．ZIP　　　　　　　B．RAR　　　　　　C．ACE　　　　　D．BAK

（3）下列哪个软件不是压缩软件（　　）。

　　A．WinRAR　　　　　B．PQMagic　　　　C．WinZip　　　　D．7-Zip

（4）Winamp 媒体播放器不能支持的音频格式为（　　）。

　　A．MP3　　　　　　　B．MP2　　　　　　C．XM　　　　　D．RM 12

（5）用 ACDSee 浏览和修改图像实例时，用户可以对图片进行修改的类型为（　　）。

　　A．颜色、透明度　　　　　　　　　B．颜色、形状及文件格式

　　C．颜色、透明度、形状及文件格式　　D．透明度、形状及文件格式

（6）下列哪一个软件属于光盘刻录软件（　　）。

　　A．Nero-Buring Room　　　　　　　B．Virtual CD

　　C．DAEMON Tools　　　　　　　　D．Iparmor

（7）ACDSee 不能对图片进行下列哪种操作（　　）。

　　A．浏览和编辑图像　　　　　　　　D．图片格式转换

　　C．抓取图片　　　　　　　　　　　D．设置墙纸和幻灯片放映

（8）WinRAR 不能对下列哪个文件进行解压？

　　A．photoshop.rar　　B．网络.cab　　　C．图像.avi　　　D．象棋.uue

（9）WinRAR 的压缩率一般在_____。

　　A．40%　　　　　　　B．30%　　　　　　C．50%　　　　　D．60%

（10）在使用 WinRAR 对文件进行压缩时，如果要改变被压缩文件的存放路径，可以单击_____进行路径选择。

　　A．浏览　　　　　　　　　　　　　B．下拉列表框

　　C．列表框中的路径　　　　　　　　D．选择

（11）下列对于单个独立的分卷压缩文件 aaa.001.rar 的说法错误的是_____。

　　A．WinRAR 支持分卷压缩和解压，可以只解压这一个分卷

　　B．可以使用 WinRAR 软件生成类似的文件

　　C．无法通过直接单击鼠标调用 Winrar 解压

　　D．只是分卷压缩包中的第一个文件

（12）下列不能利用 WinRAR 完成对一个文件进行解压的是_____。

　　A．单击主界面工具栏上的"解压到"按钮

　　B．单击"命令"菜单下的"解压到指定文件夹"菜单项

　　C．用鼠标右键单击要解压的文件选择"解压到这里"命令

　　D．单击工具栏上的"查看"按钮

（13）在 WinRAR 的"压缩文件名和参数"对话框中，可以设置密码的选项是_____。

    A．常规　　　　　　B．高级　　　　　　C．文件　　　　　　D．备份

（14）Winamp 媒体播放器不能支持的音频格式为：_____。

    A．MP3　　　　　　B．MP2　　　　　　C．XM　　　　　　D．RM 12

（15）下列哪一个软件属于光盘刻录软件_____。

    A．Nero-Buring　Room　　　　　　B．Virtual CD

    C．DAEMON　Tools　　　　　　D．Iparmor

（16）下列不属于媒体播放工具的是_____。

    A．Winamp　　　　　B．超级解霸　　　　C．Realone Player　D．WinRAR

（17）ACDSee 不能对图片进行下列哪种操作（　　　）

    A．浏览和编辑图像　　　　　　B．图片格式转换

    C．抓取图片　　　　　　D．设置墙纸和幻灯片放映

2．简答题

（1）如何设置瑞星杀毒软件每天定时查杀病毒？

（2）如何设置瑞星杀毒软件手动查杀可执行文件？

（3）下载 ACDSee 软件，并进行安装。

（4）ACDSee 软件可以完成哪些批量处理？

（5）如何将素材中的三个 mp3 格式的文件添加到 Winamp 的播放列表中？

（6）使用 ACDSee 浏览计算机中的图片并将其制作成幻灯片的操作步骤是什么？

（7）如何将名为"音乐"的文件夹压缩为自解压格式文件？

（8）如何将一个占存储空间较大的"*.exe"文件进行压缩？

（9）如何将占用空间较大的音频文件进行压缩？